DREAMBOOKS

DREAMBOOKS

DREAMBOOKS

신룡의 주인

태선 판타지 장편소설
FANTASYSTORY & ADVENTURE

신룡의 주인 3

초판 1쇄 인쇄 / 2011년 11월 7일
초판 5쇄 발행 / 2016년 8월 4일

지은이 / 태선

발행인 / 오영배
책임편집 / 편집부
펴낸 곳 / (주)삼양출판사 · 드림북스

주소 / 서울특별시 강북구 도봉로 173
대표 전화 / 02-980-2112 팩스 / 02-983-0660
편집부 전화 / 02-980-2116
블로그 / blog.naver.com/dreambookss

등록번호 / 제9-00046호
등록일자 / 1999년 3월 11일

ⓒ 태선, 2011

값 8,000원

(주)삼양출판사 · 드림북스의 서면 허락 없이는 어떠한
형태나 수단으로도 이 책의 내용을 이용하지 못합니다.

ISBN 978-89-542-4577-7 (04810) / 978-89-542-4574-6 (세트)

* 지은이와 협의하에 인지는 생략합니다.
* 잘못된 책은 구입한 곳에서 바꾸어 드립니다.

Contents

Chapter 1 빗속의 질주 | **007**

Chapter 2 빨간 구두의 주인님 | **061**

Chapter 3 진짜 마법 | **139**

Chapter 4 함께 싸우자 | **209**

Chapter 5 나뭇가지로 바위를 | **277**

외전 에론의 휴가 | **301**

부록 설정집 | **339**

Chapter 1

빗속의 질주

1.

 꿈을 꿨다. 짙은 어둠이 몸을 잡아끌어 내려갔다. 빛도 시간도 없는 망망한 어둠 속으로 천천히 가라앉았다. 이상한 꿈이었다. 꿈이라는 걸 알고 있었지만 어찌할 도리가 없었다. 마치 죽음처럼 샨은 어딘가의 바닥으로 끝없이 가라앉고 있었다.

 『하늘이 뭔지 알아?』

 누군가의 말소리에 샨은 몽롱하게 기억을 떠올려 봤다. 백과사전에서는 그것을 대지 위에 있는 공기의 집합체라고 했다. 인류가 정의한 가장 애매한 개념, 구름이 있어 보이고, 노을이 져 보이지만 실상 아무것도 없는 그런 곳.

『허무가 뭔지 알아?』

철학적인 질문이었다. 허무, 아무것도 없는 것. 땅이 생기고 물이 가라앉기 전, 태초의 세계는 허무했다. 거기에는 아무것도 없었고, 아무것도 시작되지 않았다. 시작되지 않았으니 끝도 없었다. 시간이 없고, 운명이 없고, 죽음이 없었다.

샨은 눈을 뜨고는 자신의 손을 바라보았다. 이곳은 태초와 같았다. 아무것도 존재하지 않았고, 아무것도 시작되지 않았다.

하얀 손가락에는 아무것도 잡히지 않았다.

문득, 샨의 눈이 커졌다. 세상은 이토록 어두운데 어째서 자신의 몸이 보이는 건지.

만약 이곳이 정말 어두웠다면 이 손가락도 보이지 않았어야 한다. 어딘가에 빛이 있었다. 샨은 양팔로 자신을 껴안았다.

『시작은 어디에서나 시작되는 거야. 샨 알테리온, 아무리 짙은 허무 속이라고 하더라도 '무언가'가 시작되지.』

샨의 등 뒤에서 백색 날개가 뻗어 나왔다. 문득 샨은 이게 카이의 피막과 비슷하다는 걸 깨달았다. 목소리가 속삭였다.

『춤추는 천칭은 태초의 의지. 시작과 끝을 정하는 마지막 관조자. 모든 것을 허무로 돌리기도 하고 모든 것을 시작하기도 하는 존재. 이제 각성이 머지않았어. 너는 언젠가 선택해야 할 거야.』

어둠이 천천히 걷혀갔다. 샨의 눈앞에 문 두 개가 나타났다.

검은색 문과 흰색 문은 서로 다른 방향으로 굳게 닫혀 있었다. 샨의 손에는 열쇠가 하나 들려 있었다.

『샨 알테리온, 선택자여. 넌 어느 문을 열거지?』

샨은 돌아보았다. 정말 기가 막힌 꿈이었다. 샨은 그대로 열쇠를 쥐고는 그대로 주저앉았다. 어느 문에도 다가가지 않은 채로.

카이는 샨을 내려다보았다. 한 번씩 각성할 때마다 배운 적 없는 지식들이 머릿속으로 들어왔다. 그것은 인간의 것도 그렇다고 용의 것도 아니었다. 그보다 더 오래된 것들.

카이의 긴 머리카락이 진창 아래로 흘러내렸다. 기이했다. 이 빗속에서조차 카이의 몸은 조금도 더럽혀지지 않았다.

샨은 악몽을 꾸는지 미간을 꿈틀거렸다. 카이가 부드럽게 말했다.

"마마."

그러나 대답해 줄 이가 아무도 없었다. 카이의 금색 눈동자가 어둠 속을 헤쳤다. 천장 위에서 핏방울이 떨어졌다. 카이는 기분이 나쁜지 눈썹을 쳐들었다. 사람이 있었던 언저리에는 그 대신 형체를 알 수 없는 피 웅덩이만이 가득했다.

천둥이 내리칠 때마다 카이의 벌거벗은 몸이 하얗게 떠올랐다. 그러나 카이는 조금도 부끄럽지 않은지 샨을 껴안고 아무렇지도 않게 걸어 나갔다.

"아, 아아악……."

상자 뒤쪽에서는 빨간 망토를 쓴 여인이 오줌이라도 지릴 것 같은 얼굴로 뒤로 물러났다. 이 여자 때문에 샨의 목숨이 위험했다. 생각 같아서는 조금 전의 남자들처럼 만들어 버리고 싶었지만…….

"……레이디를 괴롭히는 건 신사가 아니라고 마마가 말했으니까."

카이는 그렇게 중얼거리며 여자를 지나쳐갔다. 억지로 지혈은 했지만 샨의 체온은 계속해서 식어가고 있었다. 모든 짐승들은 본능적으로 무언가를 파괴하는 법을 아주 잘 알고 있었다. 그러나 무언가를 치료하고 복구하는 법은 인간이나 엘프 같은 오로지 지적 생명체만이 쓸 수 있었다.

카이는, 사람은 천으로 몸을 가린다는 사실을 떠올렸다. 지금은 사람의 몸이니 뭔가 가려야 했다.

카이는 걸음을 돌려 그녀에게 돌아갔다. 그러고는 그녀의 망토를 가리키며 말했다.

"그거…… 내놔."

"흑, 흐윽……."

그녀는 흐느끼며 떨리는 손으로 망토를 벗었다. 여자의 눈에서 눈물이 흘러내렸다. 카이는 이마를 찌푸렸다.

"레이디를 울리는 건 신사가 아니랬는데……."

카이는 머리를 벅벅 긁더니 그녀의 머리에 긴 손가락을 얹었다. 그녀가 화들짝 놀란다. 카이는 그녀의 어깨를 잡고는 억지로 머리를 쓰다듬었다.

"착하지, 착하지."

마마가 카이에게 자주 해주던 행동이었다.

그녀의 떨림이 조금 멎었다. 카이가 화사하게 웃으며 말했다.

"응, 이쁘다. 이쁘다."

마마가 깨어나면 꼭 자랑해야겠다. 우는 레이디를 달래줬으니까. 분명히 착하다, 착하다, 이쁘다, 이쁘다 해줄 거야.

카이는 빨간 망토를 흔들었다.

"이거 훔치는 거 아냐. 나중에 돌려줄게."

이 정도면 100점 만점에 100점짜리 모범 용이리라.

자신의 행동에 흐뭇해진 카이는 그녀의 망토로 몸을 가리고는 골목 밖으로 빠져나갔다. 서둘러 마마를 치료할 사람을 찾아야 했다.

2.

같은 시간, 단테스와 티스는 열을 올려 경매에 참여하고 있었다.

고작 100닉스 차이로 나인스 게이트를 얻은 티스는 행복의 포효를 질렀다. 생각보다 출혈이 많았지만 이걸로 자존심은 세웠다. 책을 받아들고 주변을 돌아보던 티스는 문득 뭔가 이상하다는 사실을 깨달았다.

"얘 어디 갔어?"

주변에는 율케스조차 보이지 않았다. 티스의 붉은 눈동자가 빠르게 움직였다. 율케스가 없다는 건 샨을 찾으러 나갔다는 뜻이다. 율케스가 여태 돌아오지 않는다는 건 샨을 찾지 못했다는 걸 테고, 즉, 이 건물 안에 샨이 없다는 뜻이었다.

밖에는 비가 내리고 있었다. 샨이 미치지 않고서야 이 날씨에 산책하러 나갈 리는 없다. 즉, 본인의 의지 또는 타의에 의해 피치 못하게 밖으로 나갔다는 이야기고 그건 생명의 위협을 의미했다. 그리고 그 피치 못하게 나간 이유는…… 아마도…….

거기까지 계산이 끝나자 티스는 터번을 벗어 던지며 거칠게 욕설을 내뱉었다.

"아. 씨발……."

티스는 책을 옆구리에 끼고는 전속력으로 밖을 향해 달렸다.

율케스의 눈동자가 어둠 속에서 푸른색 불꽃을 만들었다. 불길한 예감이 든다. 그때 그의 뒤에서 누군가가 와락 붙잡았다.

"나 두고 먼저 가냐?"

티스였다. 율케스가 입을 열었다.

"샨이 밖으로 뛰어 나가는 걸 봤다는 사람이 있더군. 돌아오지 않는 걸 봐서는 일이 생긴 모양이다."

"그렇다고 하나뿐인 친우에게 말도 없이 달려 나가?"

율케스는 티스의 팔을 치웠다.

"하나가 아니다. 이제는 둘이야."

"그래, 둘 되면 우정도 두 개로 쪼개지냐? 셋 되면 인사도 안 하겠다?"

티스는 그렇게 혀를 차더니 손가락을 들고 주문을 외웠다. 율케스가 눈을 크게 떴다.

"뭐하는 거지?"

"추적 마법. 이럴 줄 알고 미리 옷에 마법을 걸어 뒀어. 애기가 작작 사고를 쳐야지."

"언제 걸어 둔 거야?"

티스가 곰곰이 생각하다가 입을 열었다.

"학교 나오기 전에? 생각날 때마다 틈틈이."

그 말에 율케스의 안색이 새파랗게 질렸다.

"샨은 그거 아냐?"

"당연히 비밀 아니겠나, 친구. 그렇다고 친구 목에 개 줄을 달고 다닐 수 없잖은가."

산뜻한 표정으로 아무렇지도 않게 말하는 친우를 바라보며, 왠지 그 친우가 자신의 십년지기라는 게 부끄러워졌다.

율케스는 문득 의문이 생겼다. 그리고 결국 참지 못하고 물었다.

"티스."

"응?"

"만약에 추적 마법을 샨이 눈치채고 마법을 풀어 버리면 어쩔 생각이었냐?"

"아아, 그거야 뭐 다소 신사적이지 않은 방법을 써야겠지."

"설마 진짜로 목에 개 줄이라도……."

그 말에 티스가 50살은 더 먹은 중년 아저씨처럼 징그러운 웃음을 터뜨렸다.

"허허허, 많이 컸어. 어르신 말에 숨겨진 뜻도 알아차리고 말이야."

율케스는 진심으로 샨이 불쌍해졌다. 또한 언젠가 생길 티스의 부인이 벌써 걱정되기 시작했다. 제 친우에게도 불안하다며 추적 마법을 거는 놈이 제 마누라라고 안 걸 리가 없었다. 아마 더 지독한 걸 걸면 걸었지.

미래의 의처증 남편 티스는 단시간에 주문을 완성해 냈다. 그가 손가락을 뻗자 빛의 구슬이 떠오르더니 빠르게 앞으로 나아가기 시작했다. 추적 마법은 상당히 고위급 마법으로 3학년 과정이나 되어야 사용할 수 있는 마법이었다.

추적 마법을 거는 것 자체도 꽤나 오래 걸리거니와 마법을 유지시키기 위해서는 계속해서 마력을 소모해야 하기 때문에 정신적으로 지치게 된다. 그걸 단숨에 완성시키는 건 보통 재능으로는 힘들다.
 율케스는 친우의 마법 실력에 순수하게 감탄했다.
 그리고 한편으로는 샨이 더욱 불쌍해졌다.

3.

 카이는 뒷골목을 나와 제법 사람이 있는 길가까지 도착했다. 그러나 시간이 너무 늦었다. 이 새벽에 다닐 만한 사람들이라고는 환락가 쪽에 볼일 있는 사람들뿐이었다.
 그나마도 사람들은 카이를 힐끗힐끗 보기 바빴다. 다 큰 청년이 어린 소년을 안고 가는 것도 괴이한데 이 청년은 나신에 망토 하나만 입고 있었다. 여성용 망토를 남성이 입으니 허벅지까지만 겨우 가려졌다. 영락없는 미친놈 행색이었다. 그러나 눈 뜨면 코 베어 가는 이 골목에서 아무도 그를 건드리지 않는 것은 새하얀 피부에 들러붙은 누군가의 핏방울 때문이다. 상처 하나 없는 놈이 이렇게 남의 피를 뒤집어썼다는 건 결국 결론이야 뻔했다.
 미친놈은 건드리지 않는 게 좋았다. 거기에 위험하기까지 한다면 더욱 그랬다.
 "마마가 자꾸 식어가, 어쩌지?"

인간에 대해 무지한 카이였지만 인간이 얼마나 연약하지 정도는 잘 알고 있었다. 그리고 이대로 갔다가는 정말 샨에게 큰일이 벌어질 수 있다는 것도 알고 있었다. 샨의 친구인 티스와 단테스를 찾고 싶었지만 경매장으로 돌아가는 길은 잃어버린 지 오래였다.

샨의 숨결이 병아리처럼 점점 더 가빠졌다. 지난번 잡아먹은 새끼 양이 죽기 전에 이런 숨을 뱉었다는 걸 카이는 기억해 냈다.

설상가상으로 카이는 뒤를 돌아보았다. 어둠 속에서 누군가가 그를 쫓아오고 있었다.

"누구야?"

샨을 죽일 뻔한 놈들은 모두 없애 버렸다. 그러나 얼마 지나지 않아 더 많은 놈들이 카이를 향해 뒤쫓고 있었다.

동료의 원수를 갚는 건지, 아니면 뭔가 음모가 있는 건지 어린 카이는 도무지 짐작할 수 없었다. 다만 이대로 가다가는 정말 위험하다는 것.

카이가 주먹을 쥐었다 폈다 하자 공간이 일그러졌다. 그러나 급격하게 샨의 얼굴이 창백하게 변했다.

카이는 샨의 용이었고 둘은 드래곤 스톤으로 이어져 있었다. 용의 잠재력은 마스터가 이끌어 낸다. 카이가 억지로 마력을 쓰면 쓸수록 주인인 샨의 몸에 부담이 가는 건 당연했다.

자신의 마력임에도 마음대로 쓸 수 없다는 사실에 카이는 작게 한숨을 쉬었다.

결국 카이는 마력을 흩었다.

이대로는 의사를 찾기도 전에 샨이 죽을 수도 있었다.

"어떻게 하지……."

카이가 중얼거렸다. 그와 동시에 어둠이 밀려들어 왔다.

빛의 구슬이 어둠을 찢고 날아갔다. 티스는 온 힘을 다해 구슬을 쫓았다. 예전부터 늘 생각해 오던 문제였다.

'만약 나 때문에 소중한 누군가가 다친다면…….'

티스에게 소중한 사람이란 지독하게 드물었다. 그에게 율케스라는 친우조차 소중한 사람이라기보다 그 언저리 정도에 있는 친우였다.

누가 배신할지 모르는 곳에서 살게 된 지라 평생 소중한 사람이 몇이나 생길까 싶다만 그래도 이 질문은 언제나 그를 쫓아왔다. 그리고 언제나 그는 선택해야만 했다.

자신의 목숨과 소중한 사람의 생명, 그 사이 어딘가를.

생일날, 그의 첫 친구인 애완견과 자신의 생명 둘 중 하나를 선택해야 했다. 소년이 되어 유모가 타준 독을 먹고 죽을 뻔했다. 티스는 유모를 죽이고 해독제를 찾아냈다.

그리고 이듬해, 친누나라 믿었던 사람이 자신의 목을 졸랐다.

암살 시도는 끝도 없었고, 타국으로 도망친 이후에도 그치지는 않았다.

황제는 여전히 후계를 고르는 걸 미루고 있고, 누구 하나 특출난 황자 없이 파벌은 계속해서 갈라져만 갔다.

그 속에서 티스는 끊임없이 '선택'했다. 그리고 살아남은 대가로 그는 '냉혈한'이라는 호칭을 얻게 되었다.

냉혈한, 인간과 태엽의 차이점을 구분 못한 자식.

그런 의미에서 율케스는 강해서 좋았다. 뱀파이어의 몸에 소드 마스터의 재능은 어떤 상황에서라도 살아남을 수 있다. 그러나 샨은 달랐다. 알테리온 가문의 피가 한 방울이라도 섞였을까 싶을 정도로 약한 놈이었다. 그랬기에 티스는 소년에게서 거리를 두었다. 언제든지 죽어도 평소처럼 살 수 있도록.

그러나 결국 오늘 샨에게 추적 마법을 걸고야 말았다.

티스는 달려갔다. 그러나 질문은 여전히 티스의 등 뒤에서 속삭였다.

만약 그런 최악의 날이 또다시 온다면 어떻게 할 거냐고.

티스는 작게 중얼거렸다.

"말해줘, 누이. 이번에는 내가 어느 쪽을 선택해야 하지?"

어둠은 점점 더 멀어져만 갔다.

4.

카이의 발걸음이 점점 빨라졌다. 어둠은 그를 집어삼킬 것처럼 따라왔고, 새벽은 아직도 동쪽에서 뭉그적거렸다.

인간으로 변한 어린 용은 필사적으로 생각에 잠겼다. 그러나 카이가 할 수 있는 일이란 부수고 없애는 거지 이렇게 누군가를 살리는 쪽은 아니었다.

"어쩌지, 어쩌지."

힘을 방출하는 법은 본능이 알려줬다. 그러나 어떻게 해야 샨에게 무리가 가지 않고 효율적으로 조절할 수 있는지는 배우지 못했다.

문득 스산한 공기가 등줄기를 훑었다. 뒤를 돌아보니 홍등가의 가로등이 끝에서부터 천천히 하나씩 꺼져 내려가기 시작했다. 마치 누군가가 일제히 촛불을 끄는 것처럼 불빛이 점점 점멸해 갔다. 누군가 결계 마법이라도 쓰는 건지 어느새 행인들마저 보이지 않았다. 카이는 혀를 차며 드래곤 스톤 목걸이를 만지작거렸다.

드래곤 스톤은 용의 잠재능력을 일시적으로 증폭시켜 준다. 그러나 잠재능력은 어디까지나 마스터인 샨의 역량에 달렸다. 카이는 손을 쥐었다 펴보았다.

이 정도의 능력을 끌어내는 걸 보면 분명히 샨에게는 소질이 있다는 뜻. 그러나 샨의 몸이 견뎌낼 수 있을지는 미지수였다.

"도박을 해야 하는 걸까."

마스터의 목숨으로 하는 도박, 성공할 확률보다 실패할 확률이 더 높았다. 그리고 그의 마스터는 언제나 이런 도박에 약했다.

선택을 하는 순간에도 불은 하나둘씩 꺼져 나갔다. 이윽고 마지막 불이 바로 앞에서 꺼지는 순간, 카이는 샨을 안고 달렸다.

용과 계약을 하면 운명을 바꿀 수 있다고는 하지만, 경험상 마마는 절대로 도박에서 이긴 적이 없었다. 단 한 번도.

어둠이 카이를 덮어 버리는 순간 복면을 쓴 놈들이 칼날을 집어던졌다. 전에 봤던 놈들과는 비교가 되지 않는 속도에 카이는 신음을 삼켰다.

티스는 달렸다. 어둠은 점점 더 깊어만 갔다. 밤이 오면 온 도시에서 가장 밝은 곳이 이런 유흥가다. 그런 유흥가에 이런 짓을 할 수 있는 세력이 몇이나 될까.

 그는 리스트를 몇 명 간추려 보더니 혀를 찼다.

 "지금 그런 거 신경 쓸 때가 아니야."

 그러나 그가 바라든 바라지 않든 그의 두뇌는 끊임없이 계산하고 결과를 산출해 냈다. 천재와 광인은 종이 한 장 차이었다. 티스는 뇌를 후려쳐서라도 전원을 끄고 싶은 충동이 들었다. 그러나 생각을 멈출 수 없었다. 계산이 도무지 멈춰지지가 않았다.

 빛의 구슬은 어둠을 가르며 달려갔다. 그리고 드디어 티스는 적의 뒤통수에 처음으로 다다랐다.

 웬 놈이냐? 누구냐? 누가 사주한 거냐?

 늘 하는 흔한 인사말도 내뱉지 않은 채 티스는 채찍을 휘둘렀다.

 휘리릭!

 채찍은 살아 있는 것처럼 적의 목을 휘감더니 곧바로 뒤로 낚아챘다. 복면인은 신음조차 내지 못하고 목이 부러졌다. 엄청난 악력이었다.

 율케스가 검을 뽑아들었다.

"놈들을 따라 달려가면 샨이 있는 건가?"

"아마도. 지금 놈들은 나보다 샨에게 정신이 팔려 있는 것 같은데?"

"이상하군. 분명히 후계자 싸움으로 왔다면 샨보다 네게 정신이 팔려 있어야 할 게 당연할 텐데. 샨을 붙잡아서 무슨 이득이 있지?"

티스는 턱을 문질렀다.

"어쩌면…… 원하는 게 샨이 아닐 수도 있지."

"그러면?"

"카이."

말이 떨어지는 순간, 율케스는 뒤도 돌아보지 않고 몸을 튕겼다.

용은 평생 한 명의 주인만을 섬긴다. 잠재능력 대부분을 포기하고 능력 일부만을 쓸 각오로 세뇌마법을 걸어도, 아니면 약을 먹여 굴복시킨다 해도 주인이 살아 있으면 용은 버틴다.

그렇기에 용을 빼앗을 때 가장 먼저 하는 것은 용의 주인을 죽이는 일.

용에게 충성을 얻어낼 수는 없더라도 유모 용으로는 쓸 수 있을 테니까.

만약 티스의 예상이 맞는다면 샨은…….

"100퍼센트 죽는다고 봐야겠지."

티스는 가로등을 향해 채찍을 날렸다. 그러고는 그 반동으로 율케스를 앞질러 달려갔다. 그러고는 가장 가까이에 보이는 놈을 향해 단검을 내질렀다. 깔끔한 찌르기였다. 보통 날고 긴다는 학생들도 결정적인 순간에서는 망설이게 된다. 단순히 심지가 곧고 약함이라거나, 투지가 있고 없음의 차이가 아니었다.

샨의 아버지는 이렇게 말했다.

'사람이 사람을 사람으로 보지 않을 때 비로소 검날이 선다.' 라고.

생명을 중시하는 알테리온 가문이지만 전투에는 누구보다 앞서 싸워야 했다. 그들은 아군에게 용맹했고 적에게 잔인했다.

티스는 이미 열두 살 때부터 검날이 섰다.

그는 채찍으로 목숨이 갓 끊긴 적의 몸을 휘감아, 앞으로 달려가는 놈에게 집어던졌다.

콰아앙!

마치 살아 있는 것처럼 50미터가 넘는 거리의 적을 후려치고는 다시 안으로 휘감겼다. 티스는 바닥을 짚으며 주문을 외웠다.

"아이스프로스트."

바닥에 얼음이 굳어지며 적의 발을 붙잡았다. 그 뒤로 율케스가 검을 날렸다. 날카로운 검날이 적을 베어 버리고는 곧바로 붉은색 검기를 뿜어냈다.

"서둘러, 죽은 사람은 살아 돌아오지 않아."

"왜 이래? 꽤나 열심히 분발하고 있다고."

그 말에 율케스의 푸른색 망막이 타올랐다.

"사람이 얼마나 어이없게 죽는지 함께 경험해 보지 않았나."

그 말에 티스가 천천히 눈을 감았다.

"하여간 요즘 율케스는 진짜 사람 같다니까."

율케스는 그를 노려보았다.

"본 실력을 꺼내."

"재주 있는 호랑이는 발톱을 숨기는 법이지……만."

그 말이 떨어지기가 무섭게 율케스가 주먹을 날렸다. 그의 주먹을 종이 한 장 차이로 피하며 티스가 중얼거렸다.

"아마 그랬다가는 암살자한테 죽기 전에 너한테 먼저 죽겠군."

율케스는 대답 대신 티스를 싸늘하게 노려보았다.

"……"

티스는 율케스의 눈을 보더니 작게 한숨을 내쉬었다. 그러고는 붉은색 눈동자를 가늘게 떴다.

"먼저 가."

율케스는 먼저 달려 나가기 시작했다. 티스는 그런 율케스의 뒷모습을 물끄러미 바라보더니 후드를 내리고 고개를 숙인다. 음영 아래로 섬뜩한 붉은 눈동자가 미소 짓고 있었다.

"가 볼까."

그는 가볍게 채찍을 털었다. 그리고 놀랍게도 율케스의 것과 똑같은, 그러나 다른 색의 검기가 채찍 위를 타고 부드럽게 솟아올랐다.

강철 칼날 위에 검기를 씌우는 것과 가죽 섬유 위에 검기를 씌우는 것은 난이도부터가 달랐다. 마치 가스가 점멸되듯 보라색 검기가 불꽃처럼 타올랐다. 그러고는 1미터짜리 검날과는 비교되지 않을 정도로 거대한 채찍이 마치 폭풍처럼 솟아올랐다.

콰과과광!

한 번 후려칠 때마다 돌 타일에 채찍 자국이 푹 파였다. 집이 무너져 나갔다. 동시에 힘의 반동을 이용해 티스가 높이 뛰어올랐다. 그가 율케스를 향해 소리 질렀다.

"먼저 간다!"

율케스가 혀를 찼다.

"미친놈."

그건 율케스가 할 수 있는 최고의 찬사였다. 율케스는 날아오는 단검을 한 손으로 쳐내더니 적을 향해 그대로 검을 휘둘렀다. 그러고는 티스를 쫓아 몸을 날렸다.

작정하고 달려 나가는 티스의 속도는 무시무시했다. 보통 검사가 검기를 사용할 때 드는 집중력은 상상을 초월한다. 수만 번, 수십만 번 검을 휘둘러 생긴 이미지를 구체화해 검에 씌운다. 이 정도 실력에 도달하기까지는 말로 표현할 수 없는 노력이 뒤따른다.

그나마 마력을 씌울 수 있는 가장 수월한 무기가 검이다. 단단하고 곧다. 그에 비해 끊임없이 움직이는 채찍을 이미지 하는 건 불가능했다.

마력은 손에서 멀어질수록 더욱 옅어지고 구체화하기 어렵다. 그걸 10미터가 넘는 채찍에 씌우고 후려치는 건 누구도 상상할 수 없는 일이었다.

율케스가 중얼거렸다.

"재능도 저 정도면 재앙이지."

인간마다 가지고 있는 재능은 서로 달랐다. 그중에서 샨이 가장 재능이 없다고 말한다면, 티스는 정반대였다. 그리고 자석은 다른 극일수록 끌리고 만다.

채찍은 어둠을 밀어붙이고 사납게 날아갔다.

율케스가 지금의 티스를 쫓아갈 수 있는 건 순전히 뱀

파이어라는 육신 덕분이었다. 차가운 보라색 검기가 적을 으스러뜨리고는 지붕을 휘어 감았다. 마치 문어가 먹이를 낚아채듯 일련의 움직임에 군더더기가 없었다. 복면인이 소리를 질렀다.

"빌어먹을, 더러운 황가의 사생아가!"

티스는 대답하지 않았다. 암살자들이 호각을 불었다.

삐이이익-.

보통 인간이 들을 수 없는 초고음의 소리가 공기를 찢었다. 티스는 무표정한 얼굴로 뇌까렸다.

"길게 두 번, 높은음."

이게 어떤 신호인지는 티스도 몰랐다. 그러나 상황을 맞춰 볼 때 적이 나타났고, 그 적을 어떤 식으로 물리치라는 작전일 거란 건 예측할 수 있었다. 그렇다면 이 상황에서 적이 취할 수 있는 최고의 수는 무엇일까.

티스의 붉은 눈동자가 섬뜩한 빛을 냈다.

"율케스."

"왜?"

"먼저 가, 일대 다수는 내가 유리하니까."

율케스는 알았다는 대답도 없이 티스를 지나쳤다. 밤은 뱀파이어를 깨웠다. 율케스의 움직임은 이미 인간을 초월했다. 티스가 손을 털자 새카만 매가 공기를 찢고 저공비

행을 했다. 그러나 매의 날갯짓으로도 율케스를 쫓을 수 없었다.

티스는 힘없이 양팔을 늘어뜨렸다.

인형사가 줄을 내려놓듯 채찍이 바닥에 흘러내렸다.

암살자들은 두 조로 나뉘어 티스를 포위했다. 티스는 입술을 작게 벌려 숨을 날카롭게 내뱉었다.

"스으으으-."

마치 뱀이 적을 위협할 때 내는 소리 같기도 했다. 암살자들은 두 걸음 뒤로 물러났다. 마치 사냥감을 노리는 늑대처럼 티스의 주변을 둘러싸서 걸었다.

절대다수가 한 명의 사냥감을 잡기에 가장 좋은 배치였다. 티스는 여전히 날카롭게 숨을 내뱉었다.

"스으으으-."

날카로운 숨소리가 사람의 신경을 몹시도 긁어 댔다. 티스는 하늘을 바라보았다. 그는 눈을 감았다. 티스는 숨을 멈추고는 부드럽게 흥얼거렸다.

"사막의 밤도 이런 느낌이었지."

대답해 줄 암살자는 아무도 없었다. 그러나 침묵의 청중들 앞에 티스는 계속해서 중얼거렸다.

"그래도 그때는 사람보다 몬스터를 더 많이 상대했어. 샌드 맨이라고 알아? 모래에 붙은 유령인데, 사람 모습을 한 모래 덩어리가, 썰어도 썰어도 다시 일어나지. 그래, 어떤 칼이 모래를 부술 수 있겠어. 모래는 부서지고 다시 붙을 뿐인데. 아무리 손으로 모래를 쥐려고 해도 모래는 손가락 사이로 빠져나가는데."

어린아이의 소원처럼.

결코 붙잡히는 법도 없고 이루어지는 법도 없지.

"……."

누구도 티스의 이야기에 대답하지 않았다. 목 안쪽으로 찌르는 듯 파고드는 살기를 음미하며 티스가 계속해서 말했다.

"그때가 봄이었던가, 여름이었던가……. 기억은 안 나지만 왕성 지하에 샌드 맨의 굴이 있었는데 거기 처박혀서 13개월을 살아남아야 했어. 셋째 왕자 때문이던가, 넷째 왕자 때문이던가……."

채찍이 부드럽게 흔들렸다.

휘리릭-

티스는 아련하게 옛날을 떠올렸다. 지옥 속에서 홀로 살아야 했던 그 나날들을, 그리고 그 속에서 그토록 그가 믿었던 누이의 얼굴을.

문득 그녀가 찔렀던 곳이 아파 왔다.

티스가 눈을 나른하게 내리깔았다.

"아아, 믿어도 좋아. 내 채찍은 모든 걸 부수니까."

그 말이 떨어지는 순간, 낮은 호각 소리와 함께 암살자들이 일제히 티스를 향해 달려왔다. 수백 개의 암기가 공기를 갈랐다.

그의 머리 뒤, 턱 아래, 인간이 가진 모든 사각지대에서 죽음이 손톱을 뻗었다.

티스가 입을 열었다.

"제노사이드 리퍼."

보라색 검기가 솟아올랐다. 그리고 눈에 보이지 않는 속도로 사방팔방으로 내달렸다. 마치 사신의 낫처럼 그의 채찍이 수천 갈래로 불어 나갔다.

암기가 튕겨 나갔다. 그리고 달려오는 암살자를 마치 분쇄기로 갈아 버리듯 부숴 버리기 시작했다. 인간이 펼친 기술이라기에는 지나치게 섬세했고, 강력했고, 또한 잔인했다.

불꽃은 암살자를 하나둘씩 모두 쳐내고 부수고 붙잡아 던졌다.

검기는 마법보다 강력하다.

마법은 마력을 이용한 부름이다. 마력은 언어를 타고 불이 되고, 물이 되고, 바람으로 변한다. 마법은 시이며, 자연이었다. 그러나 검기는 달랐다. 검기는 마력 그 자체, 소유자의 의지가 구체화 된 것.

검기는 마법을 가른다.

마법이 소망으로 만들어진다면 검기는 의지로 만들어진다.

인간의 의지는 기적을 부른다.

기적은 천사의 것도 악마의 것도 아니었다. 오로지 인간의 것. 그리고 그 기적을 만드는 것은 소유자의 노력과 의지, 그리고 약간의 재능.

수천 갈래로 불어난 채찍은 마침내 바위를 부수고 집을 으스러뜨리기 시작했다.

꺄아악-.

건물 안에 있던 아가씨들이 비명을 질렀다. 그러나 티스의 표정에는 조금도 흔들림이 없었다. 마침내 그는 마지막 암살자의 목을 채찍 끝으로 낚아채는 데 성공했다.

"크으으윽!"

엄청난 고통에 암살자는 신음을 내질렀다.

마치 교수형을 하듯 티스는 그의 목을 잡아당겨 손으로 잡아챘다. 그러고는 시큰둥한 표정으로 말했다.

"예의상 물어보지. 누가 사주했는지 말하면 살려주마."

"큭, 크으윽."

"개똥밭을 굴러도 이승이 낫다잖아? 누구야. 어느 새끼야?"

티스의 손은 더욱 암살자의 목을 졸랐다. 그러다가 의식을 잃기 직전 손에 힘을 풀었다. 암살자가 컥컥거리며 바닥을 굴렀다.

정신을 차리기가 무섭게 티스는 그의 목을 지그시 밟아 눌렀다.

"누구냐고? 말해봐. 왜? 역시 말하기 싫어?"

"커, 커걱."

목을 조르는 데 말을 할 수 있을 턱이 없었다. 그건 티스도 알고 있었다. 그러나 그의 대답 같은 건 듣고 싶지도 않다는 듯 계속해서 그의 목을 눌렀다가 풀기를 반복했다.

인간이 어릴 때부터 세뇌를 당하고, 혹독한 수련을 거치면 죽음 앞에서도 의연한 척할 수 있다. 그러나 그것이 진심이 아니라는 걸 티스는 알고 있었다. 다만 무섭지 않다고 수없이 교육 당했을 뿐. 진짜로 죽음이 무섭지 않은 사람은 없다. 인간은 살기 위해 태어났기에, 어떤 인간이라도 살아가는 이유가 하나쯤은 있기에.

티스가 말했다.

"왜, 말 못하겠어? 하긴, 인질로 가족이라도 잡혀 있으면 말하기 곤란하겠지."

"크윽, 큭……."

"그래도 살아야 가족을 구하든지 어쩌든지 하지 않겠어? 네놈이 죽으면 분명히 입막음한다고 인질도 죽여 놓을 텐데."

"크으으윽, 커, 커커커!"

마침내 암살자가 손을 내젓기 시작했다.

티스는 놈에게 반복해서 죽음을 보여 주었다. 가느다란 채찍을 섬세하게 붙잡고 삶과 죽음을 흔들었다. 어떤 이성이건, 결국은 본능 앞에 무력하다.

티스는 놈의 명줄을 갖고 놀며 계속해서 말했다.

"왜, 왜 버둥거려? 빨리 죽여 달라고?"

기절하지 않을 정도로만 놈의 목을 밟으며 그는 웃었다. 마치 다른 사람인 것만 같았다. 마침내 참지 못한 암살자가 입을 열었다.

그는 나오지도 않는 목소리로 그를 사주한 인간의 이름을 뻐끔거렸다. 입 모양뿐이었지만 알아듣는 데는 충분했다.

"아아, 그렇구나. 고마워, 당신은 좋은 사람이니까 살려 줄게."

티스는 그렇게 말하고는 그의 목에서 발을 뗐다. 그가 기쁜 마음에 몸을 일으키는 순간, 티스는 그가 떨어뜨린 검을 집어 들고는 그를 향해 휘둘렀다.

좌아악!

깔끔한 절단면.

그의 오른손 엄지와 검지가 하늘을 날았다.

"크아아악!"

암살자가 비명을 지르며 손을 움켜쥐었다. 티스가 말했다.

"고마워해. 빗나갔으면 오른팔을 통째로 베어 버렸을 테니까."

"히, 히이이익!"

"왜 이래? 살려준다고는 했지만 멀쩡하게 보낸다고는 안 했어."

마지막 암살자는 기다시피 도망쳤다. 그는 이제 두 번 다시 무기를 쥘 수 없었다. 암살자로서의 죽음이었다.

티스는 만족스럽게 미소 지었다.

"아, 난 역시 너무 착해서 문제라니까."

5.

"난 너무 착한 용이라 문제라니까."

카이는 샨을 껴안으며 여전히 도주 중이었다. 능력을 사용할까 했지만 역시 주인의 목숨을 두고 도박을 할 수는 없었다.

어쩐지 덤벼오는 적의 수가 줄어드는 것 같은 기분이 들었다. 그렇다고 해도 뒤에서 달려오는 놈들은 여전했다. 달리면 달릴수록 숨이 벅차올랐다. 체력이 떨어져 가는 걸 느낄 수 있었다. 인간의 몸은 너무 연약했다. 카이는 천천히 주먹을 쥐었다 폈다.

손끝에서 공간이 일그러지기 시작했다. 샨은 신음을 내뱉으며 몸을 웅크렸다. 체온이 급격하게 식어가는 걸 느낄 수 있었다.

"이렇게 된 이상…… 한번에."

잡히면 어차피 죽는다. 이렇게까지 두 다리로 열심히 달렸는데도 따돌리지 못한다면 방법이 없다. 카이는 독한 마음을 먹기로 했다. 암살자들이 달려왔다. 카이는 붉은 망토를 벗었다. 그의 손끝에서 공간이 붕괴되며 굉음이 울렸다. 그 뒤로 율케스가 모습을 드러냈다.

"괜찮나?"

카이는 그를 보는 순간 즉시 마력을 풀었다. 율케스는 가쁜 숨을 내쉬며 검을 내질렀다.

"윈드 대시(Wind Dash)!"

붉은색 검기가 길게 늘어났다. 그러고는 마치 마법사가 순간 이동이라도 한 것처럼 멀리 있던 잔상이 눈앞까지 나타났다.

타앙!

눈앞에 있는 암살자의 머리를 붙잡아 한 손으로 집어던지고는 피묻은 손을 털었다. 율케스는 카이를 보더니 의외라는 눈으로 말했다.

"카이……가 맞나?"

"으응."

"성장했군, 머리카락 색도 바뀌고."

10대 초반 정도 되어 보였던 소년은 어느새 20대 초반쯤으로 보이는 청년이 되어 있었다. 율케스는 샨의 맥박을 짚더니 놀란 눈으로 소리쳤다.

"어떻게 사람을 이 지경으로 만든 거지?"

카이가 고개를 저었다.

"피 나는 데 꽉꽉 눌러줬어. 나 마마 살리려고 열심히 뛰었어."

그러나 율케스는 카이의 말이 조금도 들리지 않았다. 샨의 상태는 카이가 본 것보다 훨씬 위험했다. 지혈을 했다고는 하지만 어딘가 엉성했다. 상처에는 아직도 피가 배어 나오고 있었다. 샨의 얼굴이 마치 얼음물에 목욕이라도 한 것처럼 창백했다. 옅은 숨결이 허덕였다. 이대로라면 죽는다. 율케스는 일단 가지고 있던 포션 병을 건넸다.

"입안에 흘러 넣어, 조금이라도 시간을 벌어야 하니까."

카이는 포션을 받아들었다. 율케스는 샨을 쓰다듬으며 작게 한숨을 내쉬었다.

"조금만 참아, 이 바보 친우야. 지금부터 나도 최선을 다할 테니까."

율케스는 검을 늘어뜨리고 두 사람 앞을 지키고 섰다. 율케스의 푸른색 눈동자가 어둠 속에서 더욱 섬뜩하게 빛났다. 율케스가 말했다.

"카이, 지금부터 본 건 누구에게도 말하면 안 돼."

"응."

"샨에게는 더더욱 말해서는 안 돼."

"어째서?"

카이의 질문에 율케스는 말을 가다듬었다. 그러고는 마지못해 결국 한마디 내뱉었다.

"친구니까."

율케스는 한쪽 귀걸이를 풀었다.

짤랑.

귀걸이가 청아한 소리를 내며 바닥에 부딪쳤다. 그리고 율케스의 몸이 부풀어 올랐다. 아니, 그건 착각이었다. 엄청난 기운이 율케스에게 흡수되어 마치 율케스가 거대해진 것 같은 위압감이 느껴졌다.

바닥에 있던 피 웅덩이가 마치 살아 있는 것처럼 움직였다. 커피에 프림을 넣고 스푼으로 젓듯 느릿느릿하게 소용돌이를 일으키며 율케스를 향해 다가와 흡수되었다.

율케스의 푸른색 눈동자가 형광 빛으로 물들기 시작했다. 창백한 피부에는 혈색이 붉게 물들었다. 고혹적이었다. 남자임에도 저항할 수 없는 색기가 감돌았다. 그는 다시 한 번 반복했다.

"샨에게는 말하지 마라."

이 모습을.

카이는 본능적으로 율케스가 방금 떨어뜨린 귀걸이가 어떤 봉인작용을 한다는 걸 깨달았다. 지금의 그는 한눈에 봐도 마족과 같은 상태였다.

율케스는 달려오는 적들을 향해 검을 뻗었다. 그러자 검붉은색 검기가 솟아올랐다.

후우웅-.

검기를 날리는 건 지독하게 어려운 일이었다. 왜냐하면 검기는 손에서 멀어질수록 형체화하는 게 어려운 법인데, 검기 자체를 날려 던지려면 사실상 소드 마스터의 경지여야 했기 때문이었다.

흑마법으로 유명한 란츠크네가는 늘 생각해왔다. 만약 인간의 기적이라고 불리는 검기에, 고대의 주술을 결합한다면 어떨까 하고.

고대의 주술은 대부분 인간의 피를 이용해 기적을 일으키는 데 중점을 둔다. 어떤 의미로 검기와 흡사했다. 검기 역시 인간의 노력과 의지를 이용하니까.

율케스가 고대 뱀파이어의 육신을 갖게 된 건 어디까지나 이를 위한 초석이었다. 사실 란츠크네가의 야망은 그보다 높은 곳에 있으니까.

그의 발치, 갓 죽은 암살자의 시신에서 핏줄기가 빠져나갔다. 핏줄기는 강을 이루며 살아 있는 것처럼 율케스의 손 안에 모여들었다. 뱀파이어의 힘이 해방되자 파괴 본능이 솟아오른다. 율케스는 간신히 본능을 억누르는 데 성공한다.

그는 검으로 바닥을 힘껏 그었다.

크그극!

블록 위로 경계선이 깊게 파였다.

"이 선만 넘어오지 않는다면 살려주마."

그게 율케스가 할 수 있는 최대한의 자비였다. 카이는 포션을 샨의 입안에 흘려 넣고 있었다. 그러나 의식이 없기에 반 이상이 도로 흘러나왔다.

율케스는 검을 늘어뜨렸다.

"도망쳐라, 기회는 다음번에도 있지 않은가."

검 끝에서 핏방울 같은 검기가 섬뜩하게 솟아올랐다.

일반인이라면 보는 것만으로도 심장이 마비될 만큼 강렬한 살기가 뻗어 나왔다. 율케스의 경고에는 한 치의 거짓이 없었다.

넘으면, 죽인다.

삐이이익-.

그때 어둠 끝에서 호각 소리가 울렸다. 율케스가 들을 수 있을 정도로 크고 날카로운 울림이었다. 살아남은 암살자들이 하나 둘 어둠 속으로 도망치기 시작했다.

거리 끝으로 빛이 조금씩 들어오기 시작했다. 남색 하늘빛을 바라보며 율케스는 작게 한숨을 내쉬었다.

티스가 절뚝이며 저 너머에서 걸어왔다.

"여어."

드디어 밤이 끝났다.

6.

샨을 끌고 양호실로 데려갔더니 에녹 교수님이 짜증스

럽게 담뱃불을 껐다.

"왜, 차라리 송장을 살려내라고 하지 그러나."

그만큼 상태가 위독했다. 카이가 인간인 모습인 채로 물었다.

"마마…… 괜찮아? 살 수 있어?"

에녹 교수님은 카이를 보더니 짜증스럽게 대답했다.

"세상이 말세다 보니 용 새끼도 사람 새끼처럼 걸어 다니는군."

카이가 뭐라고 말하려 하자 율케스가 카이를 막았다. 에녹 교수님은 샨의 손목을 붙잡고는 맥을 짚었다. 이윽고 그가 입을 열었다.

"전갈 독이다. 이건 사막 지방에서만 나는 녀석인데 온몸에 다 퍼졌어. 누가 지혈한 거지?"

카이가 대답했다.

"내가 했어."

"역시 용인가, 독에 대해서는 무지하군."

"마마는? 마마는?"

"네 덕분에 처치가 더욱 어렵게 됐어."

"아냐, 나는 최선을 다했다고! 마마가 하는 것처럼 지혈도 하고…… 난……!"

카이의 비명을 에녹 교수는 무정하게 잘라냈다.

"율케스, 저 용 새끼 데리고 나가. 이대로는 치료에 집중이 안 된다."

"싫어어어어!"

카이가 소리를 질렀다. 가공되지 않은 살기가 병실을 후려쳤다. 창문이 살기만으로 떨렸다. 샨의 표정이 급격하게 파랗게 질리기 시작했다. 율케스는 카이를 붙잡았다.

"가자."

"싫어어! 마마, 마마아아!"

엄마를 잃는다는 건 어린 용이 느낄 수 있는 가장 큰 공포, 진화했다고 하지만 마음은 아직 어린아이에 가까웠다. 율케스는 억지로 카이를 끌고 갔다.

"네가 이런다고 샨이 낫는 건 아니다."

"하지만, 하지만……."

카이는 살기를 풀었다. 율케스가 말을 이었다.

"낫길 원한다면 밖으로 나가자."

카이가 물었다.

"내가 잘못한 거야? 내가 치료 잘못했으니까…… 마마가…… 죽는 거야?"

티스는 부드럽게 카이를 쓰다듬었다.

"아니야. 카이는 잘 했어. 하지만 지금은 나갈 때야."

카이는 율케스를 따라 힘없이 밖으로 나갔다.

티스도 그를 따라나가려 하자 에녹 교수가 손목을 붙잡았다.

"너는 여기 남아 있어."

전갈 독의 종류에는 여러 가지가 있었다. 사막 출신 암살자들이 주로 쓰는 독이라는 것까지는 알지만, 그게 어떤 독인지는 알 수 없었다. 해독 마법을 몇 차례나 사용했지만 독은 좀처럼 없어지지 않았다.

에녹 교수님의 힘으로 간신히 생명을 붙잡고 있지만, 이미 공격을 당한 지 시간이 너무 지체되어 있었다. 교수님은 일단 급하게 마법 약을 조합하기 시작했다.

주전자가 부글부글 끓어오르는 소리를 음미하며 티스가 물었다.

"뭐든지 고칠 수 있는 것 아니었습니까?"

"내가 잘하는 건 신진대사를 도와서 회복 속도를 높이는 거지. 뭔지도 모를 독을 치료하는 건 아니야."

그의 손은 무척이나 빨랐다. 이윽고 해독제 조합이 끝난 후, 샨의 입을 벌려 약을 조금씩 흘려 넣었다. 그러나 이것만으로는 부족했다.

"티스, 사막에서 얼마나 많은 독을 경험했지?"

티스는 이마를 찌푸리더니 입을 열었다.

"아마, 좀, 많이? 내성이 생겨서 이제는 바실리스크 피를 마셔도 안 죽을 정도니까요."

"행운을 빌어야겠군. 네가 먹은 독 중에 샨이 중독된 독이 있기를 말이야."

그는 티스의 팔을 걷어 올리고는 단검을 꺼내 들었다.

"행운을 비는 게 아니라 제 악운에 대고 빌어야 하는 거 아닙니까? 어린 나이에 독 먹고 사는 게 무슨 자랑이라고."

"헛소리 말고 팔에 힘 빼. 이것도 실패하면 저놈은 평생 백치에 장님으로 살아야 할 테니까."

티스가 고개를 저었다.

"교수님, 안 됩니다. 이미 제 피는······."

"바실리스크의 피를 중화시킬 수 있다면 네 피 자체로 이미 독이겠지. 그래도 죽이진 않아. 그래도 먹고 죽게는 안 한다."

"실패하면 백치에 장님이라고 하지 않으셨습니까!"

"그래도 죽는 것보단 낫겠지."

다시 단검을 쳐들은 에녹 교수님, 티스는 그의 팔을 붙잡았다.

"저 알테리온 삼 형제랑 원수 짓고 싶지 않거든요?"

샨이 티스의 피를 마시고 그 꼴이 되었다는 사실이 전해지면 삼 형제들은 티스를 산 채로 회를 뜰 거다.

에녹 교수님이 대답했다.

"나는 뭐 원수 짓고 싶겠냐?"

"교수님도 무섭잖아요! 그 삼 형제가 모이면 무슨 짓을 할지 모른단 말입니다!"

"그래도 멀쩡한 막내 죽여서 보내는 것보단 나아."

"아이씨! 죽이는 거랑 장님에 백치로 보내는 거랑 무슨 차이가 있는데요!"

티스는 다시 팔을 빼려 했다. 에녹 교수는 티스의 팔을 꽉 잡아당기며 말했다.

"선택해라. 살릴 수 있었는데 니 몸 귀히 여기느라 하나밖에 없는 막내 놈 고대로 죽였다고 전해줄까? 아니면 최선을 다했는데 장님에 백치 되었다고 전해 줄까?"

사면초가였다. 퇴로가 없었다.

"치, 치사하십니다, 교수님."

교수님의 칼날이 티스의 손끝을 갈랐다.

"으앗! 기습이라니……!"

"교사로서 옳은 길로 인도한 거다."

"뭘 인도한 겁니까, 우격다짐이지!"

티스는 고래고래 소리를 지르더니 결국 샨의 입에 자신의 핏방울을 흘려 넣었다.

교수님은 말린 약초를 샨의 혀 아래에 깊숙이 물리고는 천천히 신성 찬트를 부르기 시작했다. 성스러운 빛이 샨에게 밀려들었다. 샨의 숨이 점점 편안해지기 시작했다. 샨은 본능적으로 티스의 핏방울을 빨아들이기 시작했다.

교수님이 말했다.

"너 독살 많이 당해서 참 다행이다. 니네 형제들한테 감사하다고 절해라."

"씨발! 고마워 죽겠습니다."

두 번 감사했다가는 채찍이라도 뽑아들 기세였다. 티스는 툴툴거리며 샨에게 핏방울을 상납했다. 교수님의 노랫소리는 계속해서 이어졌다. 신을 찬미하고 빛을 찬양하는 노래가 깊게 방 안을 가득 채웠다. 이윽고 노랫소리가 완전히 그칠 때쯤, 샨의 안색은 눈에 띄게 좋아져 있었다.

에녹 교수님은 마지막으로 샨의 손목을 붙잡고 맥을 짚었다.

"고비는 넘겼군. 나갈 때 약이나 받아가. 그거면 되니까."

어째서인지 약이 두 봉지였다. 티스가 물었다.

"이거 두 사람 분인데요?"

"둘 다 가져가. 너도 꽤나 다쳤을 거 아니냐, 인간의 몸으로 낼 수 없는 출력을 낸 모양이던데."

눈치챈 건가.

티스는 천연덕스럽게 웃었다.

"뭐 공사가 다망하니까요."

"율케스 놈은 괜찮다. 놈은 이미 괴물이니까. 하지만, 너는 인간이다. 아무리 뛰어난 재능을 갖고 있다고 한들 몸이 버텨 내지 못하면 소용없지. 몸 함부로 굴리지 말라는 소리야."

"……"

티스는 곤란한 표정으로 미소 지었다. 그게 짐짓 못마땅한지 에녹 교수님의 눈썹이 꿈틀거렸다.

"뭐, 그러다가 죽든 살든 내 알 바 아니지만."

에녹 교수님은 그 말로 일축하고는 손을 털었다. 조용한 방 안에는 찻물이 끓어오르고 있었다. 이윽고 침묵을 깨고 티스가 말했다.

"이 학교에 누군가 들어왔습니다. 어머니를 죽인 놈들 중 한 사람이겠죠."

교수님이 담담하게 대답했다.

"교내에서 살인은 금지다."

"학교 밖에서도 살인은 금지 아닙니까."

"때때로 아닐 때도 있지. 그러나 이 학교는 금지다. 예전에도 그랬고 앞으로도 계속."

그 말에 티스가 헛웃음을 쳤다.

"그렇다면 나가서 죽이라는 말씀이십니까?"

그 말에 에녹 교수님은 티스의 어깨를 붙잡았다. 그러고는 청아한 푸른색 눈을 들어 한 글자씩 또박또박 발음했다.

"교수들이 우습게 보이나? 한 번이라도 담당 학생들의 일거수일투족 정도는 모두 파악하고 있다고 생각한 적은 없나? 다만 네가 무단 외박하는 것도, 비밀 통로로 술을 꿍쳐 오는 것도, 그걸 다 알면서 가만히 놔두는 건 오로지 너희들을 한 명의 성인으로, 그것도 독립된 개체로 인정하고 있기 때문이라고 생각한 적 없나? 티메리스 이타카르디 와처 헤이스팅스."

숨겨진 풀 네임을 부르자 티스의 붉은 눈동자가 작은 파문을 그렸다.

"어떻게 아신 겁니까?"

"중요한 건 그게 아니다."

"그러니까……"

"그러니까 네가 학교 안에 있는 한 안전하다는 거다."

에녹 교수님의 말에 티스의 눈이 커졌다.

"추한 어른 흉내는 그만 내라, 티스 이타카르. 다른 애들처럼 책이나 보고 여자 문제로 고민이나 해. 학교가 있는 한, 네가 이 학교 안에 있는 한, 아무도 네게 그 시간을 빼앗지는 못해. 그게 네 권리니까."

티스는 한 방 먹은 표정을 지었다.

7.

티스는 샨을 안고 양호실 밖으로 나왔다. 카이와 율케스도 함께 쫓아가려는 걸, 에녹 교수님이 두 사람의 귓불을 붙잡고 도로 양호실 안으로 끌고 들어가셨다.

아마 둘 다 치료할 때까지는 절대 보내주지 않을 모양이었다.

밖은 벌써 해가 중천이었다.

밤새 전투 아닌 전투를 해대고 나니 피로가 몰려들어 왔다. 다행히 특활 주간이 나흘이나 남아 있었다. 치료를 하고 쉬는 것만으로 나흘은 훌쩍 지나갈 판이었다.

"하아, 무슨 도서수집부가 이래."

위층에서는 꽃꽂이 부에서 고대 의식으로 되살린 자이언트 메뚜기들과 혈투를 벌이고 있었다. 와장창 창문이 깨지며 책상이 머리 위에서 떨어졌다.

티스는 한 걸음 뒤로 물러나 여유롭게 책상을 피했다.

샨은 티스에게 업혀 있는 채로 여전히 의식을 되찾지 못하고 있었다. 걱정이 되었지만 에녹 교수님이 괜찮을 거라 했으니 괜찮지 않을까. 티스는 거기까지 생각하고는 다시 샨의 팔을 어깨 위로 올렸다.

머리 위에서는 마녀들이 빗자루를 타고 날고 있었다. 그런데 맨 뒤에서 선배들을 뒤따르던 후배가 땅으로 불시착했다. 빗자루 대신 대걸레를 사용한 게 화근이었다. 역시나 샨의 머리 위에서 떨어진다.

"얘는 왜 이렇게 재수가 없어."

하필 또 샨의 머리 위다. 티스는 투덜거리며 옆으로 한 걸음 피했다.

그러다 문득 에녹 교수님이 했던 말이 떠올라 입을 다물었다.

'추한 어른 흉내는 그만 내라. 티스 이타카르. 다른 애들처럼 책이나 보고 여자 문제로 고민이나 해. 학교가 있는 한, 네가 이 학교 안에 있는 한 아무도 네게 그 시간을 빼앗지는 못해. 그게 네 권리니까.'

그의 말이 맞을지도 몰랐다. 모든 걸 잊고 평범한 학생으로 지낼 수 있다면 얼마나 좋을까.

티메리스 이타카르 디 와처 헤이스팅스.

차라리 벗어 버릴 수 있는 이름이었으면 얼마나 좋을까.

그들도 그를 그저 티스 이타카르로 생각해 준다면 얼마나 편할까. 티메리스, 아니 티스는 작게 한숨을 내쉬었다.

그의 손목에는 황가의 피가 짙게 흐르고 있었다. 과거 마도시대 때부터 이어져 백치와 광인과 천재가 함께 뒤엉킨 황가였다.

"차라리 미쳐 버릴 수 있었으면……."

후계자 싸움이 강한 적통을 찾아내는 미풍양속쯤으로 여기는 이 나라에서, 황자들은 사교계에 결코 먼저 얼굴을 내미는 법이 없었다. 눈에 띄는 놈은 가장 먼저 죽기 때문이었다. 그렇기에 과거 가장 아름다웠던 8황자는 누구보다 먼저 의문사를 당했다.

가장 지지 세력이 많은 1황자를 제외한 황자들은 모두 사교계에 진출하지 않고 있었다.

황후마마의 얼굴을 아는 이는 많아도 그의 첫째 아들에 대해 아는 이는 손에 꼽을 정도였다. 후계자 싸움이 끝나는 날까지 황자가 먼저 사교계에 진출하는 일은 극히 드물었다.

제국의 뒤를 잇는데 사실 황자의 역량은 그리 중요하지 않았다. 제아무리 소드 마스터라 해도 자는 사이 칼을 막을 수는 없었다. 그래서 소드 마스터에 가장 가깝다는 6황자는 사랑하는 후궁의 손에 죽었다. 그리고 그 후궁은

2황비와 7황비의 손에 입막음을 위해 살해당했다.

증거는 남지 않았지만 누가 그 후궁을 사주했는지 밝혀진 순간이었다.

결국 마지막까지 살아남는 놈이 이긴다. 뒤집어서 이야기하면 죽기 전에 먼저 죽이면 이기는 싸움이었다.

티스의 어머니는 돌아가셨다.

마지막까지 그를 지켜주었는지 아니면, 결국 목숨을 구걸하다 돌아가셨는지는 알 수 없었다. 적어도 그녀가 죽은 이후에 암살 시도는 눈에 띄게 늘어났다.

이 학교에 온 건 현명한 선택이었다.

교수들은 쓸데없이 강했고 블루 타워는 너무 폐쇄적이어서 외부인이 들어오면 바로 눈치챌 정도였다. 심지어 카이가 인간으로 변해도 경보가 울릴 정도였다. ―이제는 에녹 교수님이 카이에게 따로 블루 타워 학생증을 발급해 줬다.― 학교에 있는 동안은 시간을 번 셈이었다.

그러나 학교가 어디까지 그를 지켜줄 수 있는지 알 수 없었다. 암살자에게 들은 바로 이 학교 어딘가에 그의 '형제'가 있다.

외부인이 학교로 들어오는 건 극히 힘들다. 그러나 학생이 학교로 들어오는 것보다 쉬운 게 또 있을까. 거기다가 티스는 이번에 자신이 숨겨왔던 능력을 드러내야 했다.

다른 황후들에게 정보가 들어갈 게 뻔했다. 그렇다면 더욱더 자신을 죽이는 데 혈안이 되겠지.

티스는 머리를 이리저리 굴리며 공간의 문을 열고 기숙사로 들어왔다. 그러고는 샨을 침대에 눕혔다.

"으음……."

의식이 돌아오기 시작했는지 샨이 작게 신음을 내뱉었다. 티스가 샨에게 속삭이듯 말했다.

"어째서 그런 걸까."

샨 따위 죽든지 말든지 내버려 두면 될 일이었다.

평소처럼 웃으면서 율케스의 협박에 능글거리기만 하면 될 일이었다.

설마 걱정했던 걸까? 자신이? 사람과 태엽을 구분 못하는 냉혈한이라 불리는 자신이?

그 잘난 두뇌로 그때를 되짚어보아도 그때 기분이 좀처럼 생각나지가 않았다. 티스는 차갑게 미소를 지었다.

"재미있군."

마치 또 다른 사람을 보는 것 같았다.

그는 샨의 머리칼을 쓰다듬고는 벽에 몸을 기댔다. 서랍 뒤쪽, 숨겨둔 자투리에서 담뱃대를 꺼내 입에 물었다. 그러고는 주문도 없이 마력만으로 담뱃대에 불을 붙였다.

무언발화(無言發火).

졸업을 앞둔 선배들도 힘든 기술을 고작 담뱃불 붙이는 데 사용한 그는 입술로 작게 연기를 내뱉으며 중얼거렸다.

"정말 재미있어."

어머니는 돌아가셨고, 벼룩의 간만큼 남아 있던 그를 지지하는 세력도 이제는 완전히 없어졌다. 그가 사랑했던 그녀는 그의 배에 칼을 심었고, 여태까지 숨겨 놨던 카드들도 하나둘씩 발각되기 시작했다.

이렇게 된 이상 사실 답은 하나밖에 없었다.

'황위를 노릴 것.'

결국 최선의 방어는 공격이다. 협상이 통할 상대도 아니거니와 이렇게 도망만 쳐서는 결코 원하는 해답은 나오지 않았다. 그러나 티스는 망설이고 있었다. 그 길은 인간을 버리는 비인외도였으니까.

"그냥 구름처럼 흘러갈 수 있다면 좋을 것을."

아무도 신경 쓰지 않고, 아무도 그를 모르는 곳에서 흘러가듯 삶을 보낼 수 있다면 그걸로 만족할 셈이었다.

티스, 아니 티메리스 황자는 여전히 선택을 망설이고 있었다.

8.

새벽녘이 되어서야 샨의 눈꺼풀이 천천히 열렸다.
"아파……."
온몸이 고통을 호소하고 있었다. 손끝에 부드러운 시트가 잡히자 깜짝 놀라서 주변을 이리저리 돌아보았다. 기숙사 안이었다.

머리가 지끈지끈 아파 왔다. 무슨 일이 있었는지 도통 기억이 나지 않았다. 샨은 천천히 기억을 되짚었다. 빨간 후드의 그녀를 쫓아간 것까지는 기억났다. 그리고 카이가 위험해지고 그걸 막다가…….

"아, 카이는?"

용 침대가 있던 자리에는 검은 머리칼의 청년이 웅크리고 자고 있었다. 딴에는 침대에서 잔다고 웅크린 모양인데, 바구니에 겨우 다리 한쪽이 들어갔다. 추한 몰골에 샨은 두통이 밀려왔다.

샨은 라온 교수님이 가르쳐 줬던 그대로 카이의 목덜미를 만지며 주문을 외웠고 그러자 카이는 용의 모습으로 돌아왔다.

원래 모습인 용으로 돌리는 건 쉬웠다. 그러나 샨은 아직도 카이가 어떻게 인간의 모습으로 변신하는지 알 수가 없었다. 사실 카이의 능력이 뭔지도 알지 못했다.

샨은 카이를 끌어안았다.

"우웅, 마마……."

"그래그래."

샨은 카이를 토닥이며 침대 시트 안으로 끌어넣었다. 그러고는 함께 다시 잠을 청했다.

다음 날, 삼인방은 중앙 도서관으로 향했다. 중앙 도서관 위쪽, 중앙 도서 선반을 밟고 금서들만 모아놓은 비밀 도서관으로 들어갔다.

세 사람이 올라서자 라온 교수님은 기다렸다는 듯 눈을 가늘게 뜨고는 빙긋 웃었다.

"가장 먼저 돌아왔군요."

티스는 '옜다. 이거나 받고 떨어져라!'라는 표정으로 책상에 책을 집어던졌다.

쿠웅!

"호오."

라온 교수님은 책을 집어 들고는 한 장씩 차라락 펼쳐 내려갔다.

"정말 나이스 게이트군요. 보존도 잘 되어 있고요. 그런데 책 표지가 조금 젖어 있는데요?"

밤새 빗속을 달린 덕분이었다. 티스가 퉁명스럽게 대답했다.

"저거 때문에 목숨을 걸어야 했는데 고작 한다는 말이 그거입니까?"

"하하하, 이거 참, 큰 실례를 범했군요. 합격입니다."

그때 뒤이어서 선배들이 하나둘 책을 들고 왔다. 반쯤 태운 것도 있었고, 어떤 건 책이라기보다는 곰팡이 모판으로 보이는 것도 더러 섞여 있었다.

라온 교수님은 하나하나 책들을 검토하기 시작했다.

"첫날은 이 정도인가요? 순서대로 기숙사와 학년을 체크하도록 하죠."

그는 그렇게 학생들을 인적사항을 받아 적어가고는 상큼하게 미소 지었다.

"숙제는 일찍 끝낼수록 편한 법이죠. 자, 휴식시간입니다. 첫날 제출하신 분들께는 특·별·히 외박권을 끊어 드리겠습니다."

외박권. 학교 밖에서 먹고 자고 놀 수 있는 권리.

가뭄에 단비 같은 목소리에 학생들 모두 환호성을 질렀다.

Chapter 2

빨간 구두의 주인님

1.

긴 장마가 끝나고 어느새 무더위 철이 돌아왔다. 이 여름에 바다에 놀러 가고 싶지만 누구 하나 바다로의 탈출을 시도하는 이가 없었다.

그랬다. 지옥의 기말고사가 찾아왔다.

실기 시험과 토론과 발표가 대부분인 중간고사에 비해 기말고사는 연금술이나 소환술 같은 과목을 제외한 대부분이 오로지 필기시험으로 치러진다.

샨은, 공부 따위 수면으로 보낸 율케스와 시험 단원이 어디인지조차 모르는 티스를 끌고 중앙 도서관으로 향했다.

마침 중앙 도서관에는 넬과 단테스가 책을 쌓아 놓고는 요점 정리 중이었다. 샨이 인사하자 넬이 손을 흔들었다.

"오랜만이네. 아니, 지난주 정치학 이후로 처음인가?"

샨은 작게 한숨을 쉬었다.

"정치학은 어떻게 시험을 낼지 짐작도 안 가."

단테스가 어깨를 으쓱했다.

"수학이나 고대 문학보다야 낫겠죠. 그쪽은 시험 범위도 가르쳐 주지 않았잖아요?"

"흠, 고대 문학이 가장 문제겠군. 작년 신입생들 기말고사에 고대 시조에 관해 묻는 문제가 나왔다는 이야기가 있던데."

넬은 세 사람이 앉을 수 있도록 의자를 끌어당겼다. 샨은 대출한 참고서를 쿵 내려놓고는 책상에 엎드렸다.

"하아…… 죽겠어어."

넬이 어깨를 으쓱했다.

"노트라도 빌려줄까?"

"아냐, 요점 정리라면 나도 해놨으니까."

실로 모범적인 학생이라고 할 수 있었다. 그러나 그 옆에서 의욕이라고는 꿈나라로 보낸 율케스와 도서관을 찾은 여학우들의 쓰리 사이즈에 대해 고찰하는 티스를 뺀다

면.

 샨이 책상을 탕 두드렸다.

 "공부해야지!"

 조용한 도서관에 샨의 목소리가 울렸다. 학생들의 시선을 느낀 샨은 얼굴이 빨개져서 도로 앉았다.

 넬은 깃펜을 굴리며 냉정하게 대답했다.

 "낙오자는 버리고 가."

 샨은 이마를 찌푸렸다.

 "안 돼. 가뜩이나 학생부한테 찍혔는데 이러다가는 분명히 보충수업행이라고."

 미래의 확실한 보충수업자 율케스는 이 속에서도 편안한 숙면을 취하고 있었다. 샨이 율케스의 목을 탈탈 흔들며 속삭였다.

 "방학 때 우리 집에 놀러 오기로 했잖아아아."

 그랬다. 그동안 놀고먹고 자는 게 전부인 친우들을 보며 '그냥 건강하게만 자라다오.' 하고 방치하기만 했던 샨이었다. 그러나 그런 샨도 이번만큼은 물러설 수 없었다. 이번 방학 때 두 사람이 샨의 고향에 놀러 가기로 약속했던 것.

 소설에서나 봤던 친구와 캠핑을 할 수 있는 기회였다.

 금쪽같고 피쪽같은 방학을 이런 보충수업으로 날릴 수

는 없었다.

샨이 눈에 불을 켜며 말했다.

"한 명이라도 절대 낙오는 안 돼. 노트 정리만 외우자. 그러면 낙제는 안 하니까. 응?"

그러나 율케스의 눈이 다시 감겼다.

……샨은 절망했다.

2.

넬이 다시 말했다.

"낙오자는 버리고 가."

"안 돼에!"

소음 공해 및 풍기 문란으로 도서관 사서에게 내쫓긴 다섯은 학교 뒤뜰 테라스에 앉아 아직도 옥신각신하는 중이었다. 넬은 냉정한 표정으로 책장을 넘겼다.

"일주일 남았다. 암기는 어떻게든 된다고 해도 산술학, 천문학, 룬 문자 해석 쪽은 지금부터 한다고 어떻게 되는 게 아니야."

"그걸 어떻게 알아."

"기초가 너무 없어. 공식부터 다시 가르칠 건가? 아니면 룬 문자 쪽은 문법 문제까지 외워야 하는데, 거기부터 해보던가."

샨은 티스와 율케스를 쳐다보았다.

도서관에서 내쫓긴 지금에도 숙면을 취하고 있는 한 청년과 그 옆에서 여인들에게 줄 장미를 꺾고 있는 한 청년.

이건 두뇌 문제라기보다 의욕 문제였다.

처음부터 아예 공부할 생각이 없는 거다.

단테스가 샨의 팔을 붙잡았다.

"그러고 보면 샨 군도 지금 테이머 과목 공부해야 하지 않나요? 거기는 얄짤 없이 실기일 텐데."

샨은 움찔하더니 카이를 내려다보았다. 카이는 샨을 물끄러미 바라보며 까만색 날개를 펼쳤다.

"마마."

가장 기본적인 용과의 동화도 되고 있지 않은 상황에서 이대로라면 낙제점을 받을 수도 있었다. 그래도 이쪽은 매일 연습했다. 관련 도서는 모조리 읽어보고 하루에 세 시간 이상 카이를 붙잡고 시도하기도 했었다.

심지어 보다 못한 라온 교수님이 따로 보충수업을 해주겠다고 할 정도였으니까.

티스가 담뱃대를 혀로 핥으며 말했다.

"뭐 그렇게 힘을 빼. 낙제하면 하는 거지. 방학에서 그거 좀 까인다고 뭔 일 일어날 것도 아니……."

티스는 저도 모르게 뒷말을 삼켰다. 샨의 눈매가 몹시도 싸늘해졌다. 냉기라도 풀풀 날릴 것 같은 표정으로 샨이 말했다.

"그랬구나. 그러니까 두 사람은 지금 나랑 한 약속 같은 건 전혀 신경 쓰지도 않는다는 거구나. 내가 이 더위에 아버지랑 형들한테 편지를 스무 통이나 보낼 때도 그냥 보고만 있던 거였구나."

티스는 그제야 말실수를 했다는 걸 깨달았다.

"아, 아니 그게……."

"내가 한 달 내내 너희들 도와주려고 요점 정리해 놨던 것도 그냥 필요 없었던 거고."

"정말 그런 게 아니라니까!"

"됐어."

샨은 딱 잘라 대답하고는 교재를 챙겼다. 티스가 샨의 손목을 붙잡았다.

"야, 야야야야."

"됐다니까."

티스의 손을 매정하게 쳐내고는 테라스 밖으로 나갔다. 밖에는 무더위가 찌는 듯이 내리쬐고 있었다. 그러나 샨은 전혀 개의치 않았다. 정확하게 말하자면 너무 화가 나서

더운 게 느껴지지 않을 정도였다.

획 나가 버리는 샨을 뒤로 하고 티스가 소리쳤다.

"야! 그냥 가기냐!"

샨은 대답 대신 성큼성큼 두 사람에게서 멀어졌다.

이 광경을 재미있다는 듯 구경하던 넬이 말했다.

"올여름에는 저와 단테스 군이 대신 가겠군요."

두 사람은 빠지라는 소리였다.

티스는 이마를 찌푸리더니 아직도 자고 있는 율케스를 흔들어 깨웠다.

3.

무더위 내내 매미들이 소리를 고래고래 질러댔다. 샨은 땀방울을 소매로 훑으며 성큼성큼 걸어갔다.

한쪽 팔에는 교과서가, 다른 팔에는 요점 정리 노트들이 빼곡하게 들려 있었다. 과목마다 중요한 것들을 보기 좋게 간추린 샨의 자신작이다. 매번 땡땡이치기 급급한 친우들을 위해 한 달 내내 무엇 하나 빠뜨린 것 없이 만든 것들이었다.

룬 문자 과목은 외우기 좋게 표로 만들거나 군사학이

나 정치학들은 목차와 연표 순으로 정리했다. 천하의 넬 군조차 샨의 요점 정리 노트를 보고 혀를 내두를 정도였다.

샨은 기숙사에 돌아와서 노트를 침대 위에 집어던졌다.

"마마, 화났어?"

샨은 대답 대신 카이를 쓰다듬었다.

"별로 안 화났어."

말은 그렇지만 표정은 여전히 냉랭했다. 샨은 셔츠를 벗고는 활동복으로 갈아입었다. 학교에서 배급한 용 장갑을 끼고는 카이가 앉을 수 있도록 가죽 보호대를 장착했다.

"마마 어디 가?"

"아, 라온 교수님이 보충수업 해준다고 하셨거든."

"라온? 다크엘프?"

"응."

"나 그 사람 싫어."

카이는 날개를 퍼덕이며 도리질을 쳤다. 아무래도 매번 샨을 고생시켰던 게 떠오른 모양이었다. 샨은 카이의 목 뒤를 긁어 주었다.

"그러면 못써."

"그래도 싫어."

카이는 더는 이야기하기 싫다는 듯 주둥이를 홱 돌렸다.

다른 건 몰라도 고집 하나는 쇠심줄만큼이나 질겼다. 어릴 때도 고집이 있던 게, 갈수록 점점 더 심해져 갔다.
 샨은 카이의 이마를 쓰다듬었다.
 "그래도 좋아지려고 노력해 봐."
 "우웅……."
 샨의 말에 카이가 신음을 흘렸다. 카이만큼이나 샨의 고집도 만만치 않았다. 그 용에 그 주인이라는 말처럼 카이의 고집이 질겨질수록 샨의 고집 역시 단단해져만 갔다.
 준비를 마친 샨은 카이와 함께 바깥으로 향했다.

 텅 빈 테이머 교실에 라온 교수님이 책을 읽고 있었다.
 '나이스 게이트'
 샨이 목숨 걸고 구해온 악마 소환서를 무슨 연애소설이라도 읽듯이 얼굴을 붉히며 책장을 팔랑거렸다. 샨이 문을 열고 들어오자 라온 교수님이 책을 덮었다.
 "이제 왔군요."
 "늦었나요?"
 "아뇨, 아뇨. 앉으세요."
 샨은 작게 한숨을 내쉬며 방석에 자리를 잡고 앉았다. 아직 용과의 동화조차 하지 못한 샨을 위해 라온 교수님이 특별 보충수업을 베풀어 주었다. 이대로라면 낙제는 둘째치고서라도 진도조차 나갈 수 없기에 샨 역시 조급한 마음이 들었다.

"여태까지 동화가 안 된 학생은 10년 동안 샨 군이 처음입니다."

라온 교수님의 말에 샨은 얼굴을 붉히며 푸욱 숙였다.

"노력이 부족한 걸까요?"

"이쯤 되면 노력의 문제가 아닌 것 같은데요."

그러면 재능이 없다는 소리일까. 가슴이 철렁 내려앉았다.

"그동안 썼던 방법이 뭐, 뭐 있죠?"

샨은 손가락으로 일일이 꼽았다.

"물을 이용해서 동화를 익히는 방법도 써봤고, 사흘 동안 잠을 자면서 익히는 것도 있대서 휴일 내내 잠만 자기도 했고요. 또……"

샨의 이야기를 들으며 라온 교수님이 턱을 괬다.

"별별 사이비 같은 방법은 다 해본 셈이군요."

"……네."

목소리가 점점 더 기어들어 갔다.

라온 교수님은 잠깐 생각에 잠기더니 손을 털었다.

"이렇게 되면 조금 위험하더라도 극단적인 방법을 쓰는 수밖에 없을 것 같군요. 잠시만 기다려 주세요."

그는 교실 밖으로 나갔다. 뭘 하려는 걸까. 샨은 불안한 마음에 카이의 콧잔등을 문질렀다.

그렇게 교수님이 다시 돌아오기까지 30분 정도가 지나 있었다.

"많이 기다렸나요?"

그가 문을 열자 그의 뒤에서 달갑지 않은 녀석이 걸어 나왔다.

"뭐냐, 비렁뱅이."

크롬은 거만한 표정으로 샨을 내려다보았다. 그의 어깨에는 화룡 플라멜이 주인만큼이나 거만하게 날개 죽지를 흔들었다.

크롬을 보는 순간 샨은 얼굴을 붉혔다. 샨이 같은 자리에 맴돌 때 저놈은 톱클래스를 달리고 있었으니까.

두 사람에게서 풍기는 이상한 공기를 아는지 모르는지 라온 교수님은 명랑하게 검지를 들었다.

"이번에 크롬 군이 필요해서 데려왔어요."

샨이 물었다.

"무슨 일이죠?"

크롬이 대답했다.

"아직도 머저리처럼 같은 진도만 헤매고 있다기에 도와주러 왔지. 감사히 여겨 엎드려 절해라. 비렁뱅이."

샨의 이마에 힘줄이 돋아났다.

"교수님, 다른 사람은 없는 겁니까?"

라온 교수님이 곤란하다는 표정을 지었다.

"왜요, 크롬 군도 샨 군이 걱정돼서 시험공부도 미루고 온 걸요."

"비렁뱅이가 언제까지 바닥을 길지 보는 것도 즐거운 일이지."

크롬의 말에 샨은 다시 화를 꾹꾹 억눌렀다.

"교수니임……!"

"하하하, 두 사람 사이가 참 좋군요."

샨이 싸늘하게 대답했다.

"농담이라도 그런 소리 하지 마십시오."

이렇게까지 하는데 동화마저 실패한다면 샨의 인생에 크나큰 오점으로 남을 게 분명했다. 샨은 밀려오는 짜증을 꾹꾹 눌러 담았다. 오늘은 참아야 한다.

라온 교수님이 분필을 집어 들었다.

"조금 위험한 방법이지만, 극단적인 동화 방법 중의 하나가 마스터를 위기에 빠뜨리는 겁니다. 어미 역할을 대신하는 마스터가 위기에 빠지면 용은 엄청난 스트레스를 받거든요."

"스트…… 레스요?"

"네, 분노는 용의 잠재능력을 깨우기 좋은 감정이죠."

카이가 피막을 펼쳤다.

"마마, 무슨 소리 하는 거야? 마마가 다쳐?"

라온 교수님은 카이의 질문을 무시한 채 계속해서 말을 이었다.

"그중에 가장 큰 스트레스는 같은 영역에 있는 다른 용의 습격이겠죠. 한 산에 두 마리의 호랑이가 없듯 한 영역에 두 마리의 용은 없습니다. 자신의 영역에서 다른 용이 습격하게 되면 그 스트레스는 엄청날 겁니다."

샨이 이마를 찌푸렸다.

"그러니까 크롬이 화룡으로 절 공격하면 카이가 어떻게든 할 거라는 건가요? 정말 극단적인데요."

라온 교수님이 화사하게 웃었다.

"이거 말고 다른 방법 있으면 말해 줄래요, 샨 군? 지금 할 만한 방법은 다 써본 것 같은데요."

아…… 사람이 정말 이렇게 상큼할 수 있을까.

두 번 상큼했다가는 화병으로 가 버릴 것만 같았다. 그러나 그것과는 별개로 교수님의 말은 구구절절이 옳았다. 안 되는 건 안 되는 일이고, 정말 이런 짓이라도 하지 않으면 수업을 들을 수도 없는 상황이 왔다.

샨은 창밖, 떠다니는 구름을 바라보았다.

왠지 인생이 참 허무해졌다.

"교수님, 왜 하필 크롬이죠?"

"갈빗대 몇 대 부러뜨려도 사이 안 나빠질 만큼 친해 보여서요."

구름이 무엇이관데 어찌 그리 떠다니느뇨.

"보통 반대 경우를 생각하지 않나요? 사이가 너무 나빠서 갈빗대 몇 대 부러뜨려도 더 이상 나빠질 게 없다든가."

"에이, 결과는 같잖아요."

교수님의 너스레에 샨은 다시 세상에 믿을 놈은 없으며, 교수라고 믿었다가는 피 보는 건 금방이라는 진리를 깨달았다.

샨은 숨을 크게 들이쉰 다음에 결정했는지 입을 열었다.

"할게요."

크롬이 휘파람을 불었다.

"용기 있는데? 꼬리 말고 도망칠 줄 알았더니."

샨은 다시 크롬을 싸늘하게 노려보았다. 크롬은 그런 샨을 비웃었다.

"어이 아가씨, 그런 눈으로 보면 화가 난 건지 유혹하는 건지 구분이 안 된다고."

샨의 이마에서 힘줄이 돋아났다.

이렇게 된 이상 기필코 동화를 배우고 말 테다. 용의 마력을 사용해서 저놈을 바닥에 패대기쳐 줄 테닷!

샨은 이를 빠득빠득 갈았다. 그러고는 카이를 꽉 끌어안으며 말했다.

"덤벼."

카이가 피막을 펼쳤다.

"마마, 뭐 해? 무슨 소리야? 뭐 하는 거야? 하지 마아, 마마!"

샨은 카이에게 대답하지 않았다. 더욱 확고한 목소리로 말했다.

"덤비라고 했어."

샨의 도발에 크롬이 몸을 일으켰다. 그가 바로 앞에 서자 샨은 새삼 그의 키가 꽤 자랐다는 걸 깨달았다. 성장기가 온 모양이었다. 손에 낀 샐러맨더 장갑은 명장 에이함의 공방에서 만든 명품으로 화룡의 기운을 더욱 섬세하게 다룰 수 있도록 제작했다.

명품 에이함의 디자인은 머리끝부터 발끝까지 이어졌다. 검은색과 붉은빛의 투 톤으로 만들어진 코트와 셔츠, 루비로 만든 커프스로 이어지는 라인은 신사라면 누구나 동경할 만한 것이었다.

명품이 누구보다 잘 어울리는 소년이었다. 그는 입으로는 샨을 비웃고 있었지만 눈에는 불꽃이 피어오르고 있었다.

"후회하지 마라."

샨이 이를 악물었다.

"후회 안 해."

크롬이 손가락을 탁 튕겼다. 동시에 플라멜의 목에 걸린 드래곤 스톤이 불을 뿜었다. 크롬은 노래를 흥얼거리듯 시동어를 외웠다.

"파이어볼."

주문도 없이 시동어만으로 마법을 완성해 낸 그는 샨을 향해 이글거리는 화염구를 던졌다.

"마마아!"

교복과는 달리 일종의 체육복이라고 할 수 있는 학교 활동복에는 강한 마법 저항 주문이 걸려 있다. 그러나 강한 마법 저항이라고 한들 이런 기세로 날아오는 불덩이를 교복만 믿고 버틸 수는 없었다.

샨은 양팔을 십자로 교체했다.

콰아앙!

압축된 불덩이는 샨 바로 앞에서 폭발했다. 직접 마법에 닿지 않았다고 하더라도 샨의 작은 체구를 날려 버리기에는 충분했다.

크롬이 손가락을 뻗었다.

"드래곤 메이지가 전투하는 방법은 두 가지지. 하나, 조금 전처럼 용의 마력을 끌어 올려 마스터가 직접 마법을 쓰거나."

이 경우 방금 같은 섬세한 공격이 가능하다. 크롬은 화룡 플라멜을 쓰다듬으며 말했다.

"둘, 용이 직접 마법을 사용하거나. 이 경우는 화력은 강해도 컨트롤은 불가능하지."

키아아아-.

플라멜이 이를 드러냈다.

그러자 카이도 지지 않고 몸을 일으켰다.

샤아아아-.

크롬이 오만하게 턱을 치켜들었다.

"지금이라도 포기하겠다고 해. 내 화룡은 바위도 녹이니까."

라온 교수님은 손으로 입을 가렸다.

"이런, 이런, 사이좋은 친우로군요."

입안에서 핏물이 배어났다. 샨은 피를 뱉으며 몸을 일으켰다. 보아하니 라온 교수님도 안전 의식이라곤 옛날에 엿바꿔 먹은 모양이다. 그러나 이 일을 허락한 건 샨 자신이다. 뒤로 물러나는 일 같은 건…… 상상할 수도 없었다.

"덤벼."

"근성 있네."

그가 손가락을 튕기자 플라멜이 화염을 뿜었다. 샨은 눈을 감았다. 카이가 비명을 질렀다. 샨의 머리 바로 옆에서 화염이 폭발했다.

콰앙!

고대 유적이라는 교실 벽이 송두리째 무너졌다. 방과 후에 남아 있던 옆 교실 학생들이 비명을 지르며 도망쳤다.

크롬이 말했다.

"죽어도 모른다? 아무리 마법 저항이 걸린 활동복이라도 플라멜이 내뿜는 불꽃이라면 단숨에 녹여 버릴 테니까."

교실 벽을 무너뜨릴 만큼의 화력이라면 샨의 목숨도 부지하기 힘들었다. 카이가 샨의 앞을 막아섰다.

"마마, 그만 해. 왜 그러는 거야."

샨은 대답하지 않았다. 다만 카이의 머리를 쓰다듬을 뿐이었다. 샨은 카이를 믿었다. 카이 안의 잠재능력을 믿었다. 단지 끌어내지 못하고 있을 뿐이라고, 그리고 그걸 끌어내기만 한다면 누구보다 강해질 것을 믿었다.

샨이 말했다.

"두 번 말 안 한다."

그 말에 크롬이 비릿하게 웃었다.

"그렇게 나와야지."

그가 다시 손가락을 탁 튀기자 플라멜의 목울대가 훅 부풀어 올랐다. 마치 대포의 포신처럼 고개를 까딱거리며 각을 잡은 플라멜은 크롬의 신호에 불을 일제히 내뿜었다.

밀려오는 불꽃의 파도에 카이의 금색 눈동자가 부풀어 올랐다. 동시에 카이의 목에 걸려 있던 드래곤 스톤이 빛났다. 샨의 반지도 같은 빛으로 부풀었다. 무언가가 샨에게 보였다. 시원하면서도 단단한 느낌이 손목에 감겨 있었다. 샨은 그제야 자신의 반지와 카이를 잇는 사슬을 발견했다.

그게 바로 용과 마스터의 인연이라는 사실을 깨달았다.

황천의 돌, 산 자와 죽은 자를 잇는 돌.

산 사람과 죽은 사람도 이어주는 데 인간과 용이라고 못 잇겠느냐고 막내 형이 웃으며 말했다. 계약의 사슬을 잡아당기며 샨이 말했다.

"카이!"

화염이 둘을 덮쳤다. 영원 같은 찰나가 펼쳐졌다. 화염의 벽 앞, 카이가 입을 벌렸다. 놀랍게도 카이의 입에서는 화룡 플라멜이 던진 화염과 똑같은 색의 불꽃이 쏟아져 나왔다.

쿠하아아아앙!

오렌지빛 화염 두 개가 충돌했다.

플라멜이 소리 질렀다.

"따라 했어! 따라쟁이!"

교실 안은 두 용이 만든 폭발로 난장판이 되었다. 플라멜이 소리 질렀다.

"내 불꽃, 내 불꽃 돌려줘!"

플라멜이 다시 불을 뿜었다. 카이가 다시 입을 벌렸다.

똑같은 양의, 똑같은 색의 화염과 화염이 부딪치는 광경은 장관이었다. 마치 거울의 옆면처럼 화염은 폭발하고 부딪치기를 반복했다.

드디어 샨은 볼 수 있었다. 카이와 자신을 잇는 계약의 사슬을.

이게 다른 사람이 말하는 용과의 교감이라는 건지는 알 수 없었다. 그러나 카이의 능력을 끌어내면 끌어낼수록, 그리고 두 사람이 성장하면 성장할수록 더 강해질 거라는 걸 느낄 수 있었다.

"하, 하하하하…… 교수님! 교수님 보여요! 이제 보여요!"

작열하는 화염을 뒤로 한 채 샨이 웃었다. 그토록 바라 마지않았던 능력이었다.

라온 교수는 그런 샨을 바라보더니 씁쓸한 표정을 지었다.

"인연의 사슬을 느낄 수는 있어도 직접 볼 수 있는 경우는 들어본 적 없는데요."

방금 뿜어내는 불꽃 역시 그랬다. 화룡은 다른 용들보다 가장 특징이 도드라지는 용이다. 잘 발달된 목 근육이라든가. 머리에 나 있는 뿔이나 비늘의 형태라든가.

만약 카이가 화룡이었다면 라온 교수 자신이 못 알아볼 리가 없었다.

카이는 신이 나서 불을 뿜어댔다.

플라멜이 소리 질렀다.

"따라 하지 마! 따라 하지 마!"

샨은 카이를 꽉 끌어안았다. 카이가 물었다.

"마마, 나 잘했어?"

"응, 고마워. 정말 잘했어. 카이, 너무 잘했어!"

4.

용은 오묘하다. 겉으로 보면 똑같은 파충류 과에 속하는 마법 생물로 보인다. 그러나 실상 내부를 따져보면 전혀 다른 구조로 움직이고 있다.

우선은 화룡은 턱뼈의 재질과 단단함에서부터 차이가 크다. 마력을 공급하는 드래곤 하트의 내부 온도는 1,000도가 넘는다. 그럼에도 막상 해부해 보면 드래곤 하트의 표면 온도는 영상 4도 정도. 이 원리는 아직 학자들도 밝혀내지 못하고 있다.

화룡이 나이를 먹을수록 내부 온도는 점점 더 뜨거워지고 마지막에 죽을 때가 가까워져서는 드래곤 하트의 표면이 녹아내려 내부 온도가 밖으로 해방된다. 화룡이 노화로 죽으면 시체를 찾기 어려운 게 이런 이유다.

수룡은 정반대다. 등에 날개 대신 지느러미가 나 있는 형체로 아무리 깊은 심해라도 수압을 견딜 수 있도록 진화했다. 어깨부터 팔 근육이 몹시 발달되었고, 브레스는 초고속 진공파로 다 큰 수룡이 브레스를 뿜으면 거대 군함 부대라도 일격에 침몰시킬 수 있다.

수룡의 드래곤 하트는 무척이나 작고 단단하게 압축되어 있는데, 고룡이 되도 하트가 폭발하는 법이 없다. 수룡의 마스터는 드래곤 테이머들 중에서도 극히 드물며 한 번 길들이게 되면 걸어 다니는 자연재해로, 국가에서 특별감찰을 받게 된다.

이렇듯 하나의 능력을 발현하기 위해서는 신체 구조부

터가 달라야 했다.

그러니까 플라멜이 말하듯 불을 뿜는 일련의 과정은 보고 따라 한다고 따라 할 수 있는 것이 아니었다.

라온 교수는 카이를 찬찬히 살펴보았다. 아무리 봐도 불을 뿜을 만한 체구는 아니었다.

복잡한 표정을 짓고 있는 라온 교수를 뒤로하고 샨은 카이의 마력을 느끼는 데 노력했다. 그러나 화염을 너무 써버린 걸까.

마치 몸에서 피가 빠져나가듯 어지러워지기 시작했다.

크롬이 말했다.

"그렇게 막 불을 쓰다간 죽어."

크롬 역시 카이가 불을 뿜었을 때 조금 놀란 기색이었다. 화룡, 그것도 플라멜 같은 커다란 불을 뿜을 수 있는 용은 극히 드물었다.

숫자가 적기도 적으려니와 화룡은 모두 모성이 강하고 폭력적이었다. 자신의 알을 순순히 내주지도 않거니와 오히려 알을 노리고 오는 모험가들을 점심 식사쯤으로 알고 있었다.

내로라하는 마이어하트 가문에서 화룡 플라멜을 얻기까지 정말 많은 고생을 해야만 했다. 그런데 저런 듣도 보도 못한 용 새끼가 화룡이라니.

뭐, 조금 귀엽게 생기긴 했지만…….

샨은 동화를 풀었다. 샨과 카이 사이에 연결되어 있던 금빛 사슬이 이제는 보이지 않았다. 한겨울 눈이라도 맞은 것처럼 안색이 창백했다.

카이는 신 나게 불을 뿜다가 다시 불이 막히자 고개를 들었다.

"마마, 이제 안 놀아?"

"더는 내가 힘들 것 같아."

용의 잠재능력을 일깨우는 건 오로지 드래곤 메이지의 몫이었다. 카이가 불을 뿜을 때마다 몸에서 수명이 빠져나가는 것처럼 힘들었다.

샨이 잿더미가 된 벽을 등지고 앉았다.

"교수님 죄송해요. 교실이 난장판이 되었네요."

"……."

라온 교수님은 뭔가 깊은 생각에 빠져 있었다. 샨이 다시 물었다.

"교수님?"

"아아, 샨 군. 괜찮아요. 어차피 고치면 되니까요."

샨이 고개를 갸우뚱했다.

"고쳐요?"

그리고 보니 라온 교수님이 소환, 테이머학을 가르치지

만 정작 자신의 능력을 보여주는 일은 한 번도.

"두 사람 모두 잠깐 문밖으로 나가 있을래요?"

샨과 크롬, 두 사람은 순순히 밖으로 나갔다.

"이다음은요?"

"그대로 있으세요. 안으로 들어오시면 안 됩니다, 휩쓸려 버리니까요."

휩쓸린다? 뭐가 휩쓸린다는 걸까.

라온 교수님은 두 사람의 궁금증에 대답하지 않았다. 다만 소매를 걷고 바닥에 손을 짚을 뿐이었다. 그러자 라온 교수님의 등부터 어깨까지 이어진 문신이 마치 살아 있는 것처럼 손등을 타고 바닥으로 내려갔다.

문자가 움직이는 모습이 상당히 기이했지만 누구도 그것에 대해 감탄하거나 놀랍다는 기색을 보이는 이는 없었다.

불길하기 때문이었다.

기하학적인 문신은 거미줄처럼 흩어지며 어둠을 불렀다. 그림자가 문신을 따라 바닥을 덮었다. 그리고 교실 천장까지 모든 어둠이 뒤덮었다.

교수님이 말했다.

"시간은 어둠 속으로, 모든 것은 무에서 유로 유에서 무로 돌아가리니."

은색 속눈썹 아래로 날카로운 콧날이 이어졌다. 웃고 있었다. 라온 교수님은 이런 섬뜩한 걸 부리면서도 웃고 있었다. 에녹 교수님이 무뚝뚝한 얼굴로 기도문을 외울 때와는 정반대였지만 어째서인지 신성함마저 느껴졌다.

교실을 덮은 문신들이 돌아왔다. 무너진 벽은 원래대로 돌아왔고, 카이가 태워 버린 창틀은 그을음조차 남지 않았다.

마침내 문신이 완전히 교수님의 팔에 빨려들자 교수님은 그제야 손을 뗐다.

샨이 물었다.

"그게…… 뭐죠? 살아 있는 건가요?"

"고대 악마입니다. 인간이 있고, 동물이 있기도 전에 있던 녀석이랄까요. 거의 지능이 단세포 정도 수준이지만 쓸 만해요."

"어떻게 고친 거예요?"

"시간을 거꾸로 돌렸거든요."

"네에에에?"

이번에는 샨뿐만 아니라 크롬도 놀란 눈치였다. 라온 교수님은 작게 '귀찮네.'라고 중얼거리더니 결국 친절하게 설명하기 시작했다.

"이건 이 세계가 창조되었을 때 남은 구성물로 이루어진

생물입니다. 음…… 사실 악마라고 분류하기가 애매한 게, 악마 계보에 정식 등재되어 있는 것도 아니고 나인스 게이트에 있는 것도 아니니까요. 그래도 일단 태초의 어둠을 품고 있죠."

"태초의 어둠? 그게 뭐죠?"

이런 식으로 대답하려면 끝도 없다는 걸 느꼈는지 라온 교수님은 살짝 이마를 찌푸렸다. 그래도 질문은 학생의 특권이었다. 아무리 인생 막장 날라리 교사라도 질문에는 대답해 줘야 한다. 그게 교사의 의무이며 학생의 특권이니까.

"성서 읽으시나요? 태초에 혼돈이 있었나니. 빛과 어둠으로 갈렸더라."

샨이 고개를 끄덕였다.

"네, 알아요."

"그때 태어난 건 빛과 어둠뿐이 아니었죠. 시간도 있었거든요."

모든 것이 없다면 시간도 존재하지 않는다. 시간은 어떠한 사물과 생물의 풍화 작용을 뜻하니까. 빛과 어둠이 나뉘면서 시간은 그렇게 생겼다.

"고대 악마들의 대부분은 이미 소멸되거나 다른 세계로 가버렸죠. 그러나 아주 가끔, 정말로 가끔 이렇게 대를 이어서 사역마로 남기도 합니다. 이 녀석은 태초의 어둠과 태초의 시간을 다룹니다. 물론, 태초의 죽음도 다루죠."

어려운 개념이었다.

라온 교수님이 뺨을 긁적였다.

"그러니까 무생물이라면 얼마든지 부술 수도 복구할 수도 폭발시킬 수도 있다는 거죠. 뭐, 전투가 필요할 때는 산 사람도 공격하지만요."

"살아 있는 건 도로 고칠 수는 없나요?"

"고칠 수 있는 건 무생물뿐입니다."

크롬이 날카로운 목소리로 물었다.

"악마가 그냥 소원을 들어주는 일은 없는 걸로 알고 있는데요. 계약을 했다면 대가를 지불했을 거 아닙니까."

"음…… 그건 비밀입니다, 크롬 군. 다만 악마술사에게는 악마술사의 방식이 있다는 것만 말해 두죠."

라온 교수님은 빙그레 미소 지었다.

"자, 그러면 샨 군이 기적적으로 낙제를 면했으니 이제 그만 나가주시겠어요? 책을 읽어야 하거든요."

그렇게 말하고는 샨이 목숨 걸고 가져온 책, 나인스 게이트를 다시 집어 들고는 독서에 빠졌다. 축객령 아닌 축객령에 두 사람 모두 교실 문을 닫고 밖으로 나갔다.

5.

정말 기적처럼 낙제를 면했다.

샨은 행복한 기분으로 발걸음도 가볍게 기숙사로 돌아갔다. 까진 곳도 다친 곳도 많았지만 딱히 에녹 교수님을 찾아가 귀찮게 할 필요는 없을 것 같았다. 오늘은 정말 기분이 좋으니까.

"모두에게 보여줘야겠다. 기뻐해 주겠지?"

도서관에서 있었던 일도 모두 잊어줄 수 있었다. 심장이 두근거렸다.

"생각해 보면 다들 안 하려고 안 하는 건 아닐 거야. 티스는 원체 머리가 좋고, 율케스는 체육계니까 아무래도 공부가 재미없는 것도 있을 거고. 그러니 내가 도와주면 될 거야."

"마마 힘내!"

카이가 앞발을 파닥였다. 모두에게 좋은 소식을 들려줄 생각에 돌아가는 길도 날아갈 것만 같았다. 샨이 방문을 열었다.

"나 왔어!"

어두운 방안에는 열기만 가득 차 있었다. 아무도 없는

건가 싶었는데 티스의 침대 위에서 무언가가 꿈틀거리고 있었다.

"으음……."

여인의 고혹적인 숨소리에 샨은 화들짝 놀랐다. 기숙사 불을 켜자 이불 밑에서 두 남녀가 엉켜 있었다. 티스가 땀을 흘리며 이불 밖으로 나왔다.

"왔어? 생각보다 일찍 왔네."

가죽채찍보다 탄탄한 근육이 모습을 드러냈다. 그 아래에는 언제가 본 적 있었던 것 같은 여학우가 긴 흑발을 늘어뜨리고 있었다. 그녀가 물었다.

"자기, 누구야?"

"아아, 우리 룸메이트 샨…… 인데…… 기분이 나빠 보이는군."

샨은 저벅저벅 걸어가더니 자신의 침대로 향했다. 그리고 요점 정리 노트를 퍽 소리 나도록 티스에게 집어던졌다.

"……."

실망했다든가 다 같이 쓰는 방에 여자를 끌어들이다니 저질이라든가 그 어떤 욕도 하지 않고는 샨은 옷 가방을 끌고는 문밖으로 나갔다.

콰앙!

엄청난 기세로 닫히는 문을 보며 티스는 샨의 분노를

짐작했다. 그녀가 눈치도 없이 물었다.

"자기이, 그래서 마저 할 거야?"

샨은 트렁크를 끌고 나갔다. 트렁크 안에는 간단한 옷가지 밖에 들어 있지 않았다. 교과서는 모조리 책상 위에 있었지만 별로 생각하고 싶지 않았다. 아니, 두 번 다시 방에 돌아가고 싶지 않았다.

무슨 생각으로 돌아왔는데, 무슨 마음으로 돌아왔는데!

샨은 주먹을 꽉 쥐었다. 카이가 불안한 목소리로 물었다.

"마마 화났어?"

"응, 화났어."

카이는 조금 놀랐다.

샨은 진짜로 열 받아도 단 한 번도 화났다는 소리를 한 적이 없었다. 카이는 어금니를 따닥 소리를 내며 부딪쳤다. 그러거나 말거나 샨은 트렁크를 돌돌 굴려 블루 타워 밖으로 나갔다. 다시는 기숙사로 돌아가고 싶지 않았다. 그렇지만 잘 곳이 딱히 있는 것도 아니었다.

어쩌면 넬 군이 있는 화이트 타워라면 신세를 져도 괜찮을지도.

샨은 화이트 타워를 향해 무작정 트렁크를 끌고 갔다. 화이트 타워 학생들이 보였다. 어색하게 팔을 들어봤지만 그녀들은 인사를 무시한 채 가버렸다.

"아, 맞다. 바보다……."

생각해 보니 지난번 일로 넬 군이 폭력을 쓰다 곤란하게 되지 않았던가. 그때 일이 아직 잊히지도 않았는데 굳이 가서 폐를 끼칠 수는 없었다.

샨은 작게 한숨을 쉬더니 트렁크를 돌돌 굴리며 학교 중앙 정원으로 돌아왔다.

"갈 데가 없네."

"마마, 어떻게 해?"

"괜찮아, 여차하면 밖에서 자면 되니까."

"마마 노숙자야?"

"그런 소리는 어디서 들은 거야, 카이."

카이는 또다시 불만스럽게 이빨로 또독 소리를 냈다. 따뜻한 조약돌 침대도, 맛있는 밤참도 없다는 이야기였다. 그렇다고 그런 소릴 입 밖으로 내기에는 마마의 분노가 너무 커 보였다.

샨은 벤치에 앉은 채 생각에 잠겼다.

"역시 안 되겠다."

샨이 몸을 일으켰을 때 누군가의 목소리가 들렸다.

"어이 비렁뱅이. 거기서 뭐하냐?"

듣고 싶지 않은 목소리에 샨은 이마를 찌푸렸다. 크롬이었다. 그는 잘난 머리칼을 흩날리며 샨과 샨이 들고 있는 짐 가방을 번갈아 바라보았다.

"너 또 우냐?"

샨은 크롬을 향해 있는 힘껏 짐 가방을 집어던졌다.

"누가 울어-!"

주인의 위기를 느낀 플라멜이 날개를 펼치고는 불꽃을 뿜었다.

"이런"

크롬이 막기도 전에 화염은 샨을 덮쳤다. 기다렸다는 듯 카이가 함께 불을 쏘았다.

콰앙!

정원에 화염이 폭발했다.

같은 시간 블루 타워 안, 율케스가 문을 거칠게 열었다.

어쩐지 허전한 기숙사 방 안에는 향수 냄새가 진동했다. 물속에 있어도 환기 하나는 잘되는 시설이었다. 그런데도 이 정도로 향이 남아 있다는 건 향수의 주인이 나간 지 얼마 되지 않았다는 뜻이었다.

그 증거로 티스의 얼굴에 손톱자국이 길게 나 있었다.

티스는 뺨을 만지면서 이마를 찌푸렸다.

"아야야, 겁나 따가워."

율케스는 이미 티스의 방과 후 연애 사정이야 잘 알고 있었다. 그래도 샨의 귀가 시간을 잘 계산해서 그럭저럭 감춰 왔었다. 향수 냄새뿐 아니라 이불 한쪽 구겨진 데까지 말끔하게 정리하던 녀석이 오늘따라 겉옷도 챙겨 입지 않고 있었다.

율케스는 뭔가 이상하다는 걸 깨달았다. 돌아보니 어쩐지 샨이 있던 자리가 휑했다.

"무슨 일 있었나?"

티스가 대답했다.

"별일 없었어."

"샨은 어디 갔는데?"

"바람 쐬러."

"……"

율케스는 주변을 돌아보았다. 바닥에는 그렇게 열심히 만들던 요점 정리 노트가 바닥을 구르고 있었고 샨의 짐 가방이 통째로 사라져 있었다.

티스가 덧붙였다.

"내가 잘못한 건 맞지만 곧 돌아올 거야."

잘못했다는 말에 율케스가 설마 하는 생각에 되물었다.

"걸린 거냐?"

"응."

쿠르릉!

블루 타워 위로 굉음이 울렸다. 물결 위로 보이는 오렌지빛 화염에 두 사람은 누군가 마법에 실패라도 했나 보다 하고 넘어갔다. 그게 카이와 플라멜이 만들어 낸 분노의 공격인지도 모른 채.

6.

레드 타워 앞, 샨은 불만스럽게 볼을 부풀렸다.

"내가 왜 크롬 군이랑……."

정원에 생긴 폭발에 학생회가 쏜살같이 달려왔다. 학교 내에서 이런 사소한 일로 마법이 터졌다는 걸 알면 징계감이었다. 두 사람은 '이건 싸움이 아니라 평범한 마법 실험이었고, 보시다시피 우리는 사이가 좋답니다.'라며 가증스러운 거짓말을 해야 했다.

학생회가 물러가자 샨은 작게 한숨을 내쉬며 이렇게 말했었다.

"나 갈게."

크롬 군과 엮어서 좋을 것 하나도 없다는 걸 여태 몸으로 배워 왔다. 그냥 전력으로 멀어지는 게 상책이겠구나. 샨은 그렇게 생각하고는 가방을 끌었다.

그런데 난데없이 크롬 군이 이렇게 말하는 게 아닌가.

"잘 데가 없나?"

라고.

지금이 바로 그 결과였다.

샨은 조금 참담한 기분을 느끼며 트렁크를 끌었다. 크롬은 오만하게 턱을 치켜들었다.

"싫으면 밖에서 노숙하던가."

"마음대로 하세요, 부자 나리."

크롬은 쓴웃음을 지었다. 순진한 듯하면서도 절대로 고분고분해지는 법이 없었다. 그가 마이어하트가의 장남이라는 걸 알면서 이런 식으로 대하는 놈도 처음이었다. 평상시라면 척살을 하는 한이 있어서라도 잡아 죽일 텐데 거렁뱅이처럼 질질 짜는 꼴을 보고 있자니 왠지 머리가 아파 왔다.

붉은색 벽돌로 지은 레드 타워는 말 그대로 최고급 저택 같은 모습이었다.

기숙사 전쟁에서 역대 가장 많은 우승을 했고 해마다 레드 타워에는 가장 많은 예산이 배분되곤 했다.

이 역사 깊은 아카데미에서 그게 십 년이 쌓이고 이십 년이 쌓이고 백 년이 쌓이니 마법으로 만든 석상 가디언에 초호화 마법 정원까지 딸린 궁전이 되어 있었다.

샨은 생각했다.

'더럽다.'

늘 2위를 고수하는 블루 타워도 나쁘지는 않지만 계단이 많아 마법으로 올라가야 하는 가난한 화이트 타워나 이미 우승과는 거리가 먼 안빈낙도 그린 타워에 비교해 본다면 참으로 더럽고 더러운 처사라고 할 수 있었다.

타워 입구에는 투명한 화염이 치솟아 있었다. 가까이 다가가기만 해도 열기가 후끈 느껴질 정도였다.

크롬이 손가락을 탁 튕기자 크롬의 손에서 무색의 불꽃이 솟아났다. 불꽃을 화염의 벽에 뒤섞자 거짓말처럼 벽이 없어졌다. 크롬이 말했다.

"이번 주는 아연을 태운 불꽃이다."

샨이 물었다.

"매주 재료가 바뀌는 거야?"

"그래, 같은 재료의 화염을 갖다 대야만 통과할 수 있지."

"암호를 까먹거나 실패하면 어떻게 되는데?"

그 말에 크롬이 사악하게 웃었다.

"궁금해?"

"……됐다. 모른 채로 있을 게."

블루 타워에서는 기숙사로 돌아가는 방법을 까먹으면 입구에서 다른 애들이 지나갈 때까지 기다리면 됐다. 그러나 적어도 이곳은 그런 방법이 통하지 않는 모양이다.

율케스는 아직도 입구에 비밀 암호가 변경될 때마다 안 듣고 까먹어서 샨이 올 때까지 기다렸다가 들어가곤 했었다.

그런데 이건 화염 마법을 쓴 채로 화염의 벽에 손을 집어넣어야 하는 어마어마한 기행을 해야 하지 않는가. 이 번쩍번쩍한 엘리트 기숙사에서 불꽃의 주문이 틀렸다가는 어떻게 될지 상상만 해도 끔찍했다.

왠지 기숙사에 있는 놈들은 다 크롬이랑 비슷한 놈들만 있는 건 아닐까 싶을 정도였다.

기숙사 정원으로 들어서니 중앙로 양옆으로 붉은 장미 덤불이 미로처럼 이어져 있었다. 교복 치맛단을 조금 길게 개조한 아가씨들이 테라스에 앉아 차를 마셨고, 남자들은 검을 연습하거나 책을 읽고 있었다.

크롬의 등장에 많은 학생들이 하던 일을 멈추고 인사하기에 바빴다.

"여어, 마이어하트 군. 옆에 있는 녀석은 누구야?"

"내 시종……."

샨이 가방으로 힘껏 등짝을 후려쳤다.

퍼억!

"……은 아니고 나와 같은 드래곤 테이머다."

샨은 언제 때렸느냐는 듯 방긋 미소 지었다.

"안녕하세요. 샨이라고 해요."

그러나 샨의 인사를 들은 레드 타워의 학생들은 일제히 실망한 표정을 지었다.

"뭐야, 남자였어? 미모가 아깝다."

그랬다. 샨은 아름답고 아름다워서 아름답기만 했다. 샨은 검은 머리카락을 만지작거렸다. 요즘 머리가 자라서 그런지 착각하는 애들이 늘었다.

이럴 줄 알았으면 좀 더 짧게 자를 걸 그랬나.

새삼 후회가 됐다.

크롬은 샨의 손목을 잡아끌었다.

"신경 꺼. 난 들어갈 테니까."

크롬이 지나갈 때마다 모두 인사하기가 바빴다. 아부하려는 학생들도 많았고, 노골적으로 샨을 경계하는 학생들도 많았다. 역시 레드 타워의 인기 스타라면 인기 스타라고 할 수 있겠지만, 뭐랄까 그보다 강하고 단단한 느낌이었다.

샨은 그게 정치가의 느낌이라는 걸 깨닫는 데까지 오래 걸리지 않았다.

역사책에서도 마이어하트 가문에 대한 이야기가 종종 나올 정도로 마이어하트 가문은 유서 있고 뼈대 있는 집안이었다.

책에 기록된 마이어하트가의 사람들은 모두 정치적인 인물들이었고, 후계자들은 대를 이어 드래곤 스콜라에 다녔다. 이 명문학교에 함께 들어온 기반 세력들은 대를 이어 후계자를 중심으로 세력을 형성해 왔다.

샨은 작게 중얼거렸다.

"우리 집이랑은 정반대구나."

수련을 할라치면 일단 머리 깎고 첩첩산중으로 들어가서 바위 깨고 폭포 가르기부터 한다. 어째 하나같이 권력과는 안드로메다만큼이나 멀리 떨어져 있었다.

크롬은 역대 학생회장과 그의 간부들만 쓴다는 복도 끝에 있는 가장 큰 방에 도착했다.

"여기다."

방문을 열자 레드 타워만큼이나 최고급, 새빨간 융단이 바닥에 깔려 있었다. 가장 큰 방인 만큼 침대가 네 개나 놓여 있었지만 사용하는 침대는 두 개뿐인 모양이었다.

침대 옆에 있는 크롬의 옷장은 학교에서 제공하는 게 아닌 본인이 따로 구매한 것으로써 웅장하고 또 거대했다.

명품을 브랜드 별로 정리해 놓은 것들로 하나같이 먼지 한 올, 구김 한 끝 용서하지 않는 전용 옷장들이었다.

마호가니로 만든 책상 위에는 새빨간 구두 한 짝이 점령하고 있었다.

샨은 구두에서 시선을 치우고는 작게 심호흡을 했다. 그러고는 억지로 시치미를 떼고는 짐을 내려놓았다.

크롬이 웃옷을 벗으며 말했다.

"대충 빈 침대 아무 곳이나 써."

문득 그가 입고 있는 정장은 교복이라고 하기는 너무나도 심하게 개조되어 있다는 사실을 깨달았다. 모 브랜드 공방에서 직접 주문 제작한 교복으로 유니콘 뿔로 만든 단추 한쪽만 해도 평민 가족 일 년치 생활비였다.

워낙 종족과 문화가 다양한 학교다 보니 현실성을 반영해 약간의 교복 변형은 용납해 주는 분위기였지만, 이건 어느 인종에 어느 문화권으로 봐도 아슬아슬할 정도였다.

"크롬 마이어하트 군."

"음?"

샨은 진심을 담아 말했다.

"크롬 군은 집 한 채를 입고 다니는구나."

"내가 달팽이냐, 거북이냐? 맞을래?"

"그 교복으로 때리면 집 한 채로 때리는 거네?"

크롬은 커프스를 풀며 이마를 찌푸렸다.

"대체 무슨 소리를 하는 거지?"

"아무것도 아니야."

집 한 채가 빨래통에 들어가는 걸 보며 샨은 작게 한숨을 내쉬었다. 저런 걸 입고 다니다니 보통 정신으로는 무리다.

샨은 빈 침대를 찾아 트렁크를 내려놓았다. 침대 시트 역시 블루 타워와 비교도 되지 않는 최고급 실크였다. 집에 있는 여름용 삼베 이불과 비교하면 한없이 작아지는 기분이었다.

크롬은 책상에 앉아서 서류를 꺼내 다시 읽어 내려가기 시작했다. 생각해 보면 크롬이 하는 일은 언제나 단순했다. 일하고, 호통치고, 다시 일한다.

샨은 그런 크롬을 한참 바라보다가 물었다.

"교재 빌려도 돼?"

"그러던지."

책장에는 같은 책들이 몇 권씩 꽂혀 있었다. 샨이 좋아하는 문학책은 보이지 않았다. 대부분 군사나 기술 서적이었다.

교재는 중간 책장에 꽂혀 있었는데 교재 표지 뚜껑을 통째로 그 비싼 용 가죽으로 씌어 놨다. 크롬이 서류에서 눈을 떼지 않은 채 말했다.

"이번에도 가죽 늘려 놓으면 죽는다. 지난번에 너 때문에 그때 신상들 모두 새로 맞춰야 했으니까."

그 말에 샨은 진지하게 용 가죽도 한 곳만 문지르면 늘어날까 고민했다.

카이는 날개를 파닥이더니 따뜻한 조약돌 침대를 찾아 날개를 파묻었다. 샨 역시 침대에 반쯤 누워서 교재를 읽어 내려가기 시작했다. 이미 노트를 만들어 주느라 수십 번도 더 읽어서 다음 구절을 달달 외울 정도였지만 한 번 더 읽어서 나쁠 건 없으리라.

조용한 방 안에 종이를 넘기는 소리만 울렸다. 해가 저물기 시작했는데도 크롬은 여전히 같은 자세로 서류를 들여다보고 사인하고 소리를 질렀다가 다시 들여다보기만을 반복했다.

해가 지평선 너머로 완전히 자취를 감췄을 때 문이 벌컥 열렸다.

안경을 쓴 미청년이 샨을 보더니 비명을 질렀다.

"진짜로 데려온 겁니까!"

크롬은 서류에 사인을 하다 말고 펜을 내려놓았다.

"무슨 일이지? 네반 마이어 경."

"진짜로 데려왔냐고요. 미쳤습니까? 레드 타워에 외부인을 데려온 것도 모자라서 하필 가문의 숙적 알테리온가의 자식이냔 말입니까!"

쿠어어어!

흡사 곰이 일어난 것과 같은 기세에 샨은 책을 꽉 끌어안았다. 크롬은 옆에서 절규하는 네반 마이어 경의 분노를 표정 하나 바꾸지 않고 다 듣더니 되물었다.

"할 말은 다 했나?"

"네? 네."

"그럼 발 닦고 가서 자."

"아니 그게 문제가 아니잖습니까아아아아아!"

크롬은 두통이 올라오는지 검지로 관자놀이를 꾹꾹 눌렀다.

"그건 내가 결정한다. 설마하니 이 몸이 허튼 결정을 할 거라고 생각한 건 아니겠지?"

"그, 그건…… 그렇지만 주군 설마 알테리온가는 우리의 숙적이란 걸 잊은 건 아니겠죠? 돈 한 푼 없는 주제에 사사건건 우리 일을 방해하는 악랄하고 무서운 가문이라고요!"

그는 샨을 노려보았다. 샨은 입술을 꽉 깨물고 오히려 네반 경을 노려보았다.

전부터 크롬이 말해왔듯 그 미모로 노려본들 위협 효과는 전혀 없었다. 오히려 귀여운 새끼 살쾡이가 털을 바짝 세우고 있는 것 같았다.

네반 경이 얼굴을 붉히더니 소리 질렀다.

"그, 그런 겁니까! 미인계로 주군을 유혹해 결국 파멸의 길로……."

샨은 빡이 돈다는 감정을 생애 두 번째로 느껴야 했다. 샨은 싸늘한 눈으로 그를 가리켰다. 그리고 말했다.

"카이, 불꽃 발사."

카이가 입을 벌렸다.

콰아아앙!

7.

마이어가는 마이어하트 가문에서 나온 분가 중 하나로, 대대로 본가인 마이어하트 가문을 지켜온 수호기사 가문이다.

네반 마이어 경은 어린 나이에 기사의 맹세를 끝마치고

크롬의 수호기사로 임명된 꽤나 실력 출중한 엘리트라고 할 수 있다.

문무 출중한 엘리트 기사님이지만 어째서인지 주군인 크롬에게 무슨 일만 닥치면 바보가 된다는 게 세간의 평.

워낙 인기인인 마이어하트가다 보니 일거수일투족이 언제나 소문 거리로 남았다.

크롬의 기숙사에 오렌지 색 불꽃이 폭발했다는 소식을 듣는 순간 티스는 모든 걸 이해했다.

"가출이 길어질 것 같은데."

율케스가 테이블을 쿵 두드렸다.

티스는 여전히 미소를 잃지 않으며 뺨을 긁적였다. 레드 타워에는 가지 못할 거라고 계산하고 있었다. 그런데 설마 하니 크롬을 만나게 될 줄은 몰랐다.

"그래서 인생이 재미있는 거긴 하지만……."

티스는 흥얼거렸다.

물론 양 주먹을 꼭 쥐고 두 팔을 하늘을 향해 뻗은 채로.

"친우여, 진지하게 묻겠는데 이제 팔 내리면 안 되겠는가."

"……."

율케스는 요점 정리 노트를 조용히 넘길 뿐이었다. 머리가 빠개져라 외우고 있었지만 샨은 모르고 있었다. 기초가 너무 없으면 요점 정리도 소용이 없다는 것을, 그리고 율케스는 이제 너무 머나먼 강을 건너고야 말았다는 것을.

라온 교수님께 뱀파이어의 피를 억제하는 약을 받았다고 해도 율케스는 여전히 낮에는 잠을 잤다. 모든 강의가 자장가로 들리기 따름이었다.

"친우여, 나라면 이해할 수 있게 설명해 줄 수 있다네. 설마하니 무슨 소리인지도 모르는 걸 전부 외울 생각은 아니겠지?"

그러니까 팔 좀 내리면 안 되겠는가.

티스는 뒷말을 삼키며 율케스의 눈치를 보며 팔을 살살 내렸다.

"엄살 피지 마라."

티스는 움찔하더니 다시 팔을 높이 들어야만 했다.

이렇게 된 이상 율케스가 잘 때까지 꼬박 팔을 들어야 할지도 모른다.

그렇지만 밤은 길었고, 율케스 이놈은 야행성이었다.

레드 타워, 특히 화룡 플라멜을 기르고 있는 크롬의 방에는 화염내성 마법을 건 벽지와 가구들을 사용했다. 심지어 크롬 바로 뒤에 있는 거대한 옷장 역시 그랬다. 그러나 카펫에 침대 시트까지 어떻게 할 수는 없었다.

불이 나자 역시나 학생부가 먼저 달려왔고, 크롬은 한 번 노려보고 문을 세차게 닫음으로써 사태를 진정시켰다. 그리고 시녀들이 들어와 분주하게 정리하기 바빴다.

정리까지 두 시간, 전과 똑같이 완벽하게 정리된 방 안에서 결투를 앞둔 무사처럼 세 사람은 서로 노려보았다. 이윽고 가장 먼저 방아쇠를 당긴 건 크롬이었다.

"뭐, 첫인사치고는 독창적이었어."

네반 경이 소리 질렀다.

"저런 미모를 하고선 다짜고짜 불부터 뿜다니요! 주군을 음해하려는 암살자가 틀림없습니다!"

"암살을 하려면 샨이 아니라 쟤네 형들이 왔겠지."

"분명히 미인계라고요!"

"남자 몸으로 어떻게 미인계를 써."

네반 경은 샨을 쳐다보았다. 크림색 뺨에는 발갛게 홍조가 피어났다. 건드리면 벌꿀이 묻어날 것 같은 달콤한 외모였다. 애교라도 떤다 치면 여자가 아니라 같은 남자라도 녹여 버릴 것만 같았다. 그래놓고 다짜고짜 화염 공격이라니.

그는 샨의 성격이 몹시 남자답다는 것과 서런 얼굴을

하고 실은 피 튀기는 전장 속에서 눈 하나 깜짝 안 하고 친구의 생살을 꿰맨다는 사실을 몰랐다.

네반 경은 샨의 외모와 성격의 갭을 견디지 못하고 절규했다.

"분명히 첩자일 거예요, 아니면 스파이라던가!"

"둘 다 같은 말이잖아."

샨은 결국 들고 있던 책을 내려놓고는 트렁크를 집어 들었다.

"나 갈게. 내가 나가면 끝날 일인 거 같아."

크롬이 눈가를 문질렀다.

"넌 앉아 있어, 상황만 더 복잡하게 하지 말고."

샨은 고개를 저었다.

"아냐, 갈래."

샨이 방문을 열자 크롬이 물었다.

"저기 옷 두고 갔다."

"음?"

샨이 뒤를 돌아보는 순간 기다렸다는 듯 크롬이 샨의 트렁크를 낚아챘다.

"앗!"

크롬은 트렁크를 자신의 발아래로 내려놓고는 천연덕스럽게 경고했다.

"잘 들어. 거렁뱅이. 괜히 나가서 진짜 거렁뱅이처럼 밤이슬 맞을 생각하지 말고 꼼짝 말고 있어."

샨이 불만스러운지 볼을 부풀렸다.

"내가 왜 그래야 하는데? 크롬은 왜 그렇게까지 하는 건데?"

그 말에 크롬이 되물었다.

"너 정말 몰라서 묻는 거냐?"

"뭐가?"

"……아니다."

크롬은 앞머리를 헝클어뜨리고는 몸을 일으켰다.

"일단…… 먹자."

벌써 저녁때가 훨씬 지나 있었다.

8.

샨의 등장에 대해 벌써 레드 타워에 소문이 크게 돈 모양이었다. 신입생 중에 둘밖에 없는 드래곤 테이머이며 암암리에 숙적으로 여겨지던 알테리온과 마이어하트였다.

허리춤에 걸린 새하얀 드래곤 슬레이어 알테리온 소드가 그것을 증명했다.

샨이 지나가자 레드 타워 여학생이 얼굴을 붉히며 친구에게 속삭였다.

"여자였어?"

덩달아 샨의 얼굴도 붉어졌다.

얼굴에 커다란 흉터라도 만들면 남자로 여겨줄까.

샨은 진지하게 얼굴에 흉터를 그으면 어떨까 고민했다.

이 생각을 형들이 알았다면 가슴이 무너졌으리라.

크롬은 수호기사 네반 경에게 영지의 광산권과 교역권을 어떻게 처리할지에 대해 논쟁을 벌이고 있었다. 샨은 포크를 집어 들며 물었다.

"밥 먹을 때도 일해? 보통 그런 중대한 사안은 가주인 아버지가 정하지 않아?"

"마이어하트가는 대대로 후계자 수업을 일찍 하는 편이지. 이 정도는 적은 편이다. 방학 때 돌아가면 아버지가 해야 할 일들을 대신 떠맡아야 할 테니까."

지금 하는 일도 만만치 않았다. 학교에서 공부만 하는 것도 힘들 텐데 영지의 몇몇 대소사들을 혼자 처리해야 했다. 샨은 작게 한숨을 내쉬었다.

"명문가일수록 엄격하다는 게 사실이구나."

크롬은 물 대신 카푸치노 커피를 주문했다.

"너희 집은 그런 것 없나?"

"음…… 나는 일단 막내라서 그런 건 없었고, 큰 형은 그냥…… 수련 여행 떠났었지. 가서 호랑이도 때려잡고, 곰도 때려잡고, 마수들도 때려잡고, 수룡도 때려잡……"

"……됐다. 말을 말자."

대체 왜 저런 집안이 마이어하트가의 숙명의 라이벌이라는 건지 이해할 수가 없었다. 영웅은 적을 쓰러뜨릴 수는 있어도 전쟁에서 이기게 할 수는 없다. 그런 힘이 있는 건 오로지 정치가뿐이었다. 아무리 강한 무장이라고 하더라도 뒷받침해 줄 정치력이 없다면 소용이 없었다.

역사적으로 몇몇 영웅들이 있었다. 그러나 그 영웅들은 모두 수명이 짧았다.

시기하는 이가 많았기 때문이다.

그들 중 태반이 모함을 받아 역적이라는 죄를 안고 죽었고, 친우나 사랑하는 이의 손에 독살을 당하기도 했다.

난세는 영웅을 낳고, 영웅의 생애는 불꽃과 같았다. 몸을 살라 난세를 태우고 나면 어김없이 생이 꺼지고 만다.

이 세상에 영웅을 감당해 낼 수 있는 자는 오로지 같은 영웅뿐이었다. 평범한 인간은 영웅을 감당해 내지 못한다. 평범한 사람에게 영웅의 삶은 매력적이지만, 결코 자신의 것이 될 수 없기에.

그런 의미에서 매 대에 영웅을 배출하고 있는 알테리온

가가 이렇게 자연스럽게 이어져 온 것도 신기할 지경이었다.

그들은 권력 욕심이 없었고, 가주가 이유 없는 재물을 받는 일도 없었다.

크롬은 끊임없이 궁금했다. 어째서 아버지는 알테리온가를 가만히 두는가 하고.

젊은 시절, 샨의 아버지와 치열하게 싸워오지 않았던가.

지금 알테리온가가 야망이 없다고 해도 앞으로도 없으리라는 법은 없었다.

크롬의 속을 모르는 샨은 고기 파이를 입에 물며 물었다.

"일하는 거 힘들겠다."

"별로, 정원사가 정원을 돌보는 거랑 똑같아. 언젠가는 모두 내 것이 될 테니까."

생각해 보면 마이어하트 가문은 작은 왕궁 몇 개를 합쳐도 싸움이 안 될 만큼 거대한 영지를 갖고 있지 않던가. 황제가 계시지만 이런 재력과 권력을 가진 그들은 사실상 왕이나 다름없었다.

그런 대단한 제후가 될 사람과 밥을 먹는다는 게 조금 얼떨떨하긴 했다.

물론 그렇다고 해도 주눅이 들 생각은 선혀 없지만.

샨은 후식으로 나온 푸딩까지 모두 먹어치우고는 아래에서 돼지 넓적다리를 삼키고 있는 카이에게 물을 건넸다.

카이도 이곳 음식이 꽤나 맘에 든 모양이었다.

샨이 말했다.

"오래 있을 머물 생각은 없어."

"그래. 며칠만 신세 지고 가. 학생부에게는 미리 말해 놨으니까 그건 걱정하지 말고."

"내 트렁크 돌려줘."

크롬이 어깨를 으쓱했다.

"갈 때 되면 돌려줄게."

샨은 뺨을 부풀렸다. 크롬이 덧붙여 말했다.

"또 정원에서 질질 짜고 있을까 그런다."

"운 적 없다니까!"

9.

다음 날. 첫 교시 룬 문자학. 티스와 율케스는 샨이 오기를 기다렸다. 지각하기 직전이 돼서야 샨이 강의실 안으로 들어왔다. 티스가 반갑게 손을 흔들었다.

"여어!"

샨은 차갑게 티스를 노려봐 주고는 멀찍이 자리를 잡고 앉았다. 예상했지만 화가 나도 정말 단단히 난 모양이었다.

수업이 끝나자마자 두 사람은 샨을 찾았다. 여전히 샨은 냉랭한 분위기였지만, 그래도 조금은 화가 풀렸는지 이야기는 들어줄 요량인 모양이었다.

티스가 입을 열었다.

"어제는 미안했어. 보충수업이 일찍 끝날 줄은 몰랐어."

"그러면 늦게 끝났으면 모르는 척하려고 했어?"

병살타다.

티스는 식은땀을 흘렸다.

"그건 아니었고……."

"레드 타워에서 들었는데 꽤 유명하더라. 전부터 그랬다며. 내가 나가 있는 틈을 타서 계속 여자를 끌어들였던 거야? 말도 없이?"

"미안해, 내가 부주의했어. 좀 더 조심했어야 했는데."

"조심했어야 했다고? 그러면 같이 쓰는 기숙사에 여자를 끌어들인 게 잘못한 게 아니라, 걸린 게 잘못했다는 거구나."

샨은 교재를 챙겨 들고 몸을 일으켰다. 용 가죽 커버로 만든 교재는 분명히 마이어하트가에서 특별 수문한 것임이 틀림없었다.

"저기 샨……."

샨은 더는 듣기 싫다는 듯 대답하지 않았다. 티스는 절망했다.

모르겠다. 정말로 샨의 속내를 알 수가 없었다. 차라리 샨이 레이디라면 달콤한 말과 장미나 보석 같은 걸로 어떻게든 마음을 구슬려 보면 될 일이었다. 하다못해 목숨을 노리고 있는 숙적이라면 어느 타이밍에서 공격해 들어갈지 계산하면 되는 일이었다.

샨은 여자도 아니었고, 숙적도 아니었다.

앞날을 꿰뚫어 본다고 해서 얻은 '와처'라는 별칭도 이 순간에는 아무 쓸 데가 없었다.

율케스가 한심한 눈으로 티스를 노려보았다.

시작도 네놈이 했으니 수습도 네놈이 하라는 의미가 팍팍 담겨 있었다.

샨은 교재를 챙겨서 일어났다.

"더 이상 할 말 없으면 갈게."

다음 날에도, 그다음 날에도 샨은 두 사람과 떨어져 앉았다. 문득 샨이 목에 건 넥타이와 교복 셔츠가 레드 타워의 디자인이라는 걸 깨달았다. 참다못한 티스가 짜증을 냈다.

"왜, 이참에 기숙사라도 배신하려고?"

옷 트렁크를 통째로 크롬 녀석이 가져갔다. 갈아입을 옷이 없어서 네반 경 것을 빌려 입어야 했다. 뺏긴 것도 서러운데 사람의 배신자 취급해 버리니 정말로 화가 뻗쳤다.

"니가 알 바 아니거든?"

샨은 그렇게 말하고는 문을 쾅 닫고 나가 버렸다.

샨은 돌아오자마자 교재를 내려놓고 침대에 누웠다.

티스와 이야기를 하면 할수록 더 화가 치밀어 올랐다. 바람둥이지만 그래도 지킬 건 지키는 친구라고 생각했다. 레드 타워에서 도는 소문을 이야기했을 때 티스의 표정을 보는 순간 샨은 가슴이 내려앉았다.

예전부터 그래왔다니.

그것도 말도 없이.

기숙사는 샨이 처음으로 집 밖으로 나와서 얻은 공간이었다. 세 사람만의 소중한 곳이라고 생각했고, 다른 사람을 안에 들일 때도 늘 조심해 왔다.

그건 율케스도 마찬가지였고.

티스만은 늘 달랐다. 생각해 보면 언제나 샨에게 조금은 거리를 두곤 했었다.

처음 만난 기차에서도 미인이라 같이 앉았다고 했다. 좋은 얼굴이라서 친구가 됐다고 했다. 처음에는 그걸로도 좋다고, 다행이라고 생각했었다. 친구가 되는 계기는 여러 가지니까.

그렇지만 그때 이후로 뭔가가 달라졌을까?

티스는 여전히 샨의 얼굴이 이용하기 좋은 얼굴이니까 함께 있는 건 아닐까?

"그러다 자겠다."

목소리에 고개를 드니 크롬이 다리를 꼰 채 서류를 넘기고 있었다.

잘못 들었나 싶어 다시 베개에 얼굴을 파묻었다. 그러자 다시 목소리가 들렸다.

"좀 씻어라. 시트 더러워진다. 너 밖에서 들어오면 손도 안 씻지?"

"씻었어."

샨은 퉁명스럽게 대답했다. 크롬은 서류를 넘기며 물었다.

"또 질질 짜냐?"

"안 짰다니까!"

버럭 소리를 지르며 베개를 집어던졌다. 알면서 저렇게 약 올리는 건지 아니면 모르면서 그러는 건지 크롬은 꼭 아픈 곳을 쑤셨다. 운 적도 없건만, 조금만 시무룩해하면 저런 소리를 해댔다.

크롬은 겨우 서류에서 눈을 떼고 샨을 올려다보았다.

"안 우느라 수고했다."

샨은 다시 침대에 엎드렸다.

"크롬."

"응?"

"친구가 뭐라고 생각해?"

"친구? 사전적인 의미의 친구를 묻는 거야? 아니면 보편적으로 널리 알려진 의미를 묻는 거야?"

"보편적?"

"남한테 부탁할 때 어색하면 붙이는 호칭."

"……."

말을 말자. 너한테 묻는 내가 병신이지.

샨은 크롬에게 뭔가 묻는 걸 포기했다. 이윽고 크롬이 다시 입을 열었다.

"내 경우에는 정원에서 질질 짜고 있는 자식 집으로 끌고 와서 밥 먹이고 재워주는 걸 친구라고 하지."

"나 안 짰다니…… 근데 친구?"

"아니었냐?"

"웬수 아니었어?"

"두 단어는 같은 뜻이지."

"하아?"

샨이 대답하지 않자 크롬이 마침 서류에서 손을 뗐다.

"아니었나?"

"지난번에 싸웠었잖아. 지난번에 라온 교수님이 데려와서는……."

"수업에 필요하다고 했고, 분명히 싸움이 아니라 수련이었던 걸로 기억한다만."

"아…… 어…… 음……그게……."

"그냥 나 혼자만의 착각이었나 보군."

그는 그렇게 말하고는 다시 서류를 들여다봤다. 목소리는 평정을 가장하고 있었지만 얼굴이 귀까지 빨개져 있었다. 샨이 입을 열었다.

"아냐, …내가 생각하는… 음… 그런 건 아니지만……맞…을 거야."

크롬은 그제야 득의양양하게 대답했다.

"흠, 당연하지."

그래도 빨개진 귓불은 좀처럼 식을 줄을 몰랐다. 한편 샨은 문화 충격을 느끼고 있었다. 크롬과 있었던 일을 생각하면 싸우고, 싸우고, 다퉜다가, 도로 싸운 일 밖에는 기억나지 않았다. 사거리 한복판에서 서로가 서로에게 웬수 같은 자식이라고 외칠 수 있는 그런 사이였다. 그걸 친구라고 하나?

일평생 손가락으로 꼽아 봐도 친구라고는 이 학교 와서 만난 애들이 전부인 샨에게 문화 충격과 같았다.

크롬이 말했다.

"여차하면 이대로 레드 타워에서 묵던가. 신입생이 기숙사를 옮기는 건 전례가 없는 일도 아니고, 내게는 그 정도의 힘이 있으니까."

샨이 크롬을 빤히 바라보다가 되물었다.

"왜 그렇게까지 해주는 건데?"

크롬의 얼굴이 더 이상 참을 수 없을 만큼 붉어졌다. 그는 서류를 집어던지며 폭발했다.

"또 질질 짜는 거 귀찮아서 그렇다. 왜!"

10.

화이트 타워 옥상 휴게실. 아카데미, 아니 제국 전체에서도 가장 하늘과 가까운 곳이며 학생들이 가장 찾지 않는 곳이기도 했다. 지나치게 높은 탓에 여기까지 걸어 올라가는 건 사실상 불가능하거니와 마법을 쓰자니 마력 소비도 극심해서 같은 기숙사 학생들도 옥상에 휴게실이 있는지

조차 모르고 있을 정도였다.

넬은 화이트 타워 옥상 가장 높은 하늘, 손바닥만한 방석 위에 앉아 있었다. 아래에는 까마득한 낭떠러지임에도 허리는 안정적으로 몸을 지탱했다. 옥상 안쪽, 푹 파인 곳에는 거대한 고렘들이 몸을 웅크리고 있었다.

거대 체스판을 가운데에 두고 건너편에는 단테스 군이 턱을 괴고 생각에 잠겨 있었다.

이윽고 그가 손가락을 까딱하자, 높이 2미터가 넘는 검은 룩이 몸을 일으켜 세 걸음을 걸어갔다. 그러고는 흰색 나이트를 향해 주먹을 뻗었다.

콰아앙!

나이트가 산산 조각 나며 체스판 바깥으로 끌려 나갔다.

바위로 만든 마법생물, 고렘으로 만든 체스 말은 사용자의 마력을 잡아먹는다. 고렘에게 마력을 보내며 일곱 수를 내다보는 건 어지간한 정신 수련으로는 무리였다. 이윽고 넬이 손가락을 움직였다.

"비숍, 왼쪽 네 칸 전진. 체크 메이트. 판돈은 두 배로 올리지."

넬은 알파도파에서 쓰는 카지노 게임 칩을 한 움큼 꺼내 체스판의 중심을 향해 흩뿌렸다.

칩이 떨어지며 비숍 모양의 거대 고렘이 몸을 일으켰다.

정확히 네 칸, 양팔로 검은 폰을 으스러뜨리고는 단테스의 킹을 노려보았다.

단테스가 뺨을 긁적였다.

"흐음, 괜찮은 수인데요."

"지금이라도 포기하던가."

단테스는 주머니에서 금색 칩 한 장을 손가락으로 빙글빙글 돌렸다. 금색 칩은 프리미엄 칩이었다. 알파도파가 관리하는 카지노에서 환전하면 적어도 금괴 다섯 개는 나온다. 어지간한 귀족 하나 찜 쪄 먹는 데 금괴가 열 개가 넘지 않는 걸 생각해 볼 때, 학생이 들고 다닐 수 있는 금액을 훨씬 웃도는 셈이었다.

화이트 타워 학생부가 본다면 입에 거품을 물고 소리를 지르겠지만, 신고할 만한 목격자도, 신고 받고 올 학생부도 까마득한 아래에 있었다.

"받고 올인."

그는 들고 있던 금색 칩을 집어던졌다.

"호오, 자신 있나 보네."

"레이디의 도발에 응해 주는 게 신사의 본분이죠."

"헛소리도 잘하는군."

단테스가 눈을 가늘게 뜨며 물었다.

"이번에 샨 군이 레드 타워의 크롬 방으로 갔다는 소식

들었습니까?"

그 말에 넬은 이마를 찌푸렸다. 그런 일이 있었다면 당연히 자신이 있는 기숙사로 올 줄 알았다. 그런데 난데없이 크롬이라니.

그놈과는 사이가 나빴던 게 아니었나?

아니면 생사고락을 했던 자신보다 그 자식이 더 중요했나?

그때 단테스의 킹이 뒤로 한 칸 물러났다. 넬은 고렘을 향해 계속해서 집중을 유지하며 말했다.

"들었지. 내가 알 바는 아니야."

"이대로 레드 타워에 눌러앉을 가능성이 있다더군요."

"전례가 없는 것도 아니고 마이어하트가에게는 그 정도의 힘이 있으니까."

크르릉-.

이번에는 넬의 하나 남은 나이트가 상대의 킹을 향해 움직였다. 그러나 공격이 생각보다 매섭지 않음을 단테스는 알고 있었다.

"그런 사람이, 바로 지난달까지만 해도 왕따를 당하니 마니 하지 않았나요?"

드디어 단테스의 퀸이 움직이기 시작했다. 필드를 모두 장악하는 말답게 퀸이 몸을 일으키자 다른 대형 고렘을

빨간 구두의 주인님 129

깔아뭉갤 정도로 거대했다.

넬은 퀸이 자신의 나이트를 잡아먹는 것을 묵묵히 바라보았다.

"편히 학교 다니는 날이 없군."

"사고의 중심에는 언제나 그가 있죠. 어떻습니까, 샨이 레드 타워로 옮겨 버리면?"

이윽고 넬의 폰이 한 칸 앞으로 전진했다.

"상관없어. 어차피 처음부터 같은 타워도 아니었으니까. 그쪽이야말로 거추장스럽지 않겠어? 상대는 대 마이어하트가의 도련님이잖아. 연락하는 것도 쉽지 않을 텐데?"

"쥐가 고양이 생각하는군요."

단테스의 룩이 하얀 폰을 잡아먹었다. 작은 폰은 토끼처럼 저항하다가 이내 체스판 바깥으로 끌려 나갔다.

그 순간, 기다렸다는 듯 넬의 마지막 남은 비숍이 움직였다.

넬의 차가운 얼굴에 미소가 어렸다.

"체크 메이트."

단테스의 손가락이 굳었다. 정말로 모든 수가 8수만에 봉쇄되었다.

분명히 이기고 있던 건 이쪽이었을 텐데?

단테스는 고렘에게 보내던 마력을 일시에 풀었다.

"졌군요. 으아아, 이길 수 있었는데."

마력이 끊긴 고렘들이 무너져 내리며 원래의 바위 뭉치로 돌아갔다.

쿠그그극-.

넬이 소매를 털자 칩들이 마치 살아 있는 것처럼 넬의 손가락에 빨려 들어갔다. 넬은 프리미엄 칩의 차갑고 매끈한 감촉을 즐기며 웃었다.

"자아, 이제 게임에도 이겼고 어떻게 돌아가는지 보도록 할까?"

"티스 군과 율케스 군 말이죠?"

"내 생각에는 말이지 율케스는 몰라도 티스는 자기 사람이었던 걸 그렇게 호락호락하게 보내줄 것 같지 않단 말이지."

단테스는 다 식은 찻잔을 입가에 가져가며 대답했다.

"모르죠, 혹시 지금쯤 레드 타워 앞에서 시위라도 하고 있을 줄 누가 알겠습니까."

"거만하고 매정하기로 악명 높은 레드 타워에서?"

두 사람은 동시에 찻물을 들이켰다.

"설마."

"설마요."

티스가 외쳤다.

"이리오너라아아아!"

레드 타워 정문 앞, 푸른 불꽃 위로 티스의 목소리가 쩌렁쩌렁하게 울렸다. 율케스는 화단 앞에 앉아 무심한 얼굴로 타오르는 화염을 바라보았다.

두 시간, 두 시간째 외치고 있었다. 처음과 다름없는 목소리로 토씨 하나 안 틀리고 소리 지르는 티스의 집념도 장난이 아니었지만, 이 목소리에도 누구 하나 밖으로 나서지 않는 레드 타워도 독했다.

같은 시간 저택 안에서는 커튼 사이로 크롬이 오만한 눈으로 내려다보고 있었다. 겉으로 보면 단순히 호화로운 저택이지만, 사실 구조를 따져 보면 철벽의 마법 요새에 가까웠다. 티스가 저렇게 소리 지르고 있다고 한들, 정원에 쳐진 결계는 침입자의 소리 하나까지 막아냈다.

샨은 아무것도 모른 채 책장을 넘기고 있었다.

"언제까지 커튼을 닫고 있어야 해? 답답하지 않아?"

크롬은 안색 하나 안 바꾸고 거짓말을 내뱉었다.

"아아, 기숙사 풍습이다."

샨은 입을 살짝 삐죽였다. 주말에는 커튼을 치고 있어야 하는 기숙사라니.

돈 많은 기숙사는 전통도 유별난 모양이다.

그렇다고 해도 얹혀사는 처지에 최대한 폐 안 끼치고 신경 안 거스르게 하는 게 상책이라 샨은 더 이상 불평하는 걸 그만두기로 했다.

크롬이 물었다.

"그나저나 전에 했던 제안 생각해 봤어?"

샨이 고개를 저었다.

"아니, 난 역시 그 정도는……."

"다시 생각해 봐."

그는 거기까지 말하고는 다시 커튼을 굳게 여몄다.

"공부하고 있어. 신경 쓰이는 것 있으면 말하고, 네반 경이 옆에 있을 테니까."

"주군!"

크롬은 네반을 향해 검지와 중지로 네반 경과 자신의 눈을 번갈아 가리켰다.

'잘 감시해.'

그리고 엄지로 목을 긋는 시늉을 했다.

'안 그럼 죽는다.'

콰앙!

문 닫는 소리가 요란했다. 샨은 책장을 넘기며 후우, 한숨을 내쉬었다.

"크롬이 요즘 신경이 날카로운 모양이네요."

"첫 친구는 언제나 각별하니까요."

"네?"

샨이 눈을 동그랗게 떴다. 원래라면 이쯤에서 입을 다물 네반 경이었지만, 요즘 주군의 태도에 꽁해 있었다. 그는 결국 입을 열었다.

"그 커다란 영지에 누가 찾아오겠습니까. 피를 이은 형제도 없고 거기다가 주인어른이 첩질 하나 안 하셔서 외동이신데. 성격은 더럽게 크셨지요. 명품에 먼지라도 앉으면 시종들은 그날로 죽는 겁니다. 빨래하다가 늘어지면 주인마님까지 강림해서, 기사들까지 함께 얼차려 당하는 거죠."

"아, 네에……."

"뭐 알고 보면 착한 면도 있어요. 착한 면도 있죠. 그런데 서류 집어던지는 건 어떻게 좀 해달란 말입니다. 저 성질머리에 친구가 있겠습니까. 애인이 있겠습니까. 주인마님, 보다 못해 약혼녀라도 둘이나 모셔 오려 했는데 두 번 다 첫 만남 때 파투냈죠. 그때 난리 났습니다. 큰 어르신이랑 우리 주군 돌아가면서 연무장에서 벼락 떨어뜨리시는 바람에."

"그렇군요."

"그래도 또 알고 보면 착해요. 외로움도 좀 타는 편이시고."

욕을 하는 건지 칭찬을 하는 건지 하나만 해줬으면 좋겠지만, 네반 경은 미주알고주알 주군에 대한 애찬인지 욕일지 모를 이야기를 주절거리기 시작했다.

"알고 보면 착하다니까요? 진짜 알고 보면 착해요."

샨은 식은땀을 흘리며 책장을 덮었다.

11.

크롬은 불도마뱀 가죽 장갑을 벗었다. 그러고는 마디 굵은 손을 뻗어 화룡의 비늘로 만든 장갑을 손에 꼈다. 손목이 그대로 드러날 정도로 짧았지만, 장갑의 위력은 무시할 바가 아니었다. 그가 손가락을 튕기며 뼈마디를 딱딱 풀 때마다 보라색 화염이 치솟아 올랐다.

마지막으로 그는 벨벳 주머니를 꺼내 손을 집어넣었다. 그러자 같은 재질의 코트가 주머니에서 나왔다. 많은 물건을 한꺼번에 넣을 수 있는 이런 공간 압축 주머니는 희귀했다. 그러나 마이어하트 가문은 이 정도의 주머니를 몇 개씩이나 살 수 있을 정도로 재산이 많았고, 그 정도의 재산으로 투자한 무구들 역시 만만치 않게 강했다.

화룡의 가죽으로 만든 디펜더 코트, 중급 이하의 화염

마법을 튕겨낼 수 있었다.

 그는 코트를 어깨에만 걸치고는 화룡의 어금니로 만든 롱 소드를 홀더에 꽂아 넣었다. 그리고 머리칼을 한 손으로 쓸어 넘겼다.

 복도를 지나갈 때마다 여학우들과 시녀들의 나른한 한숨이 들렸다. 평소라면 이 소리조차 자신에 대한 찬송가로 삼으며 오만하게 걸어갈 크롬이었다. 그러나 오늘은 달랐다.

 말로 표현하기는 어려웠지만, 뭔가…… 날 선 칼날처럼 섬뜩했다.

 평소라면 그를 보고 인사를 할 법한 녀석들도 슬금슬금 피해 갔다.

 그가 정원에 들어서자 소리 지르던 티스도 회심의 미소를 지었다.

 그는 불의 정문을 지나서 밖으로 나갔다.

"시끄럽군, 민폐가 돼서 그러는데 나가 주지그래?"

 율케스가 몸을 일으켰다.

"샨은 어디 있지?"

"네놈들 꼬라지를 보니 별로 보고 싶지 않다더군."

 율케스가 검을 뽑아들었다. 검날이 목젖에 다가오는데도 크롬은 미동조차 하지 않았다. 율케스가 물었다.

"바른대로 말해라."

티스는 율케스의 검 끝을 맨손으로 잡아 내렸다.

"흥분하지 마, 율케스. 만약 여기서 분란이 생겨 학생부에게 쫓겨나면 그거야말로 이놈이 바라는 대로 되는 거니까."

율케스는 그제야 검을 내렸다. 티스가 웃었다.

"어이, 마이어하트 도련님. 그쪽도 우리가 여기서 죽치고 있는 걸 원하진 않겠지? 그러니까 이야기해 보자고."

크롬은 한 손으로 백 금발을 쓸어 올렸다.

"티스 이타카르, 네놈과 정면으로 말싸움을 할 바에는 혀를 깨물고 말지."

"그래그래. 잘 아네, 그러니까 우리가 바라는 건 딱 하나야. 샨을 데려와. 끝을 내도 우리가 끝내."

크롬은 목을 우득우득 풀었다.

"샨은 지금 이곳에 없어."

"그러면?"

"연무장."

Chapter 3

진짜 마법

1.

예에, 크롬 도련님은 예전부터 감정 표현하는 데 무척 서투셨죠.

솔직히 말하면 그렇게 생각하는 건, 저나 주인마님 정도고 사실 대부분은 거만하고 악랄하다고 생각하는 경우가 많습니다. 여기 기숙사에 있는 자제님들에게도 그 평가는 다르지 않을 거고요.

아, 그런데 왜 인기가 좋냐고요?

그건 뭐, 샨 님께 말씀드리기는 좀 힘들고 다만, 여러 가지 어른들의 사정 때문이라고만 알아주십시오.

아시다시피 도련님의 성격이 좀…… 그렇지 않습니까. 예전에는 결벽증까지 있으셨었습니다. 그때의 까칠함은 상상을 초월했죠. 지금도 골치 아픈 일이 생기실 때는 결벽증이 이따금 도지십니다.

그때는 그야말로 결벽증이 절정을 찍을 때였습니다. 얼마나 심했는지 밥 먹을 때, 책 읽을 때, 승마할 때, 수련할 때, 모두 따로 장갑이 있었고 한 번 낀 장갑은 다시는 안 꼈죠.

밥 먹다가 자기 머리카락이 떨어져도 밥상을 다 다시 차려야 했습니다.

아, 음식만 바꾸는 게 아니냐고요?

아뇨, 아뇨. 밥상이요, 전체를요. 심지어 아직 식탁에 올려놓지도 않은 디저트까지 다 다시 만들어야 했으니까요.

하나뿐인 외동아들이고 하니 주인어르신도 그냥 눈 감아 주셨죠.

에, 뭐, 알다시피 마이어하트 가문에는 역사 대대로 괴짜들이 좀 나왔거든요.

거기다 도련님은 아시다시피 드래곤 나이트와 드래곤 메이지 둘의 재능을 모두 한꺼번에 받으셨습니다. 아, 그건 모르셨군요.

현재 도련님은 용의 마력을 끌어내서 검기로 구체화할 수 있으시면서도 용언도 가공해서 마법으로 만드실 수 있으십니다.

검술 그 자체만으로도 도련님을 이길 수 있는 기사들이 많지 않습니다.

선대 가주님께서…… 도련님의 할아버지 되시죠. 아무튼 그분께서도 다섯 살 때 도련님을 안고는 신이 내린 재능이라고, 마이어하트가에 광명이 내려왔다고 찬사를 하실 정도였습니다.

아무튼 그런 도련님이 한 번은 농사를 지으신 적이 있습니다.

영지 개발요? 아뇨, 아뇨, 말 그대로 농사일이죠.

밭 갈고 호박 심고 말똥으로 거름 주고 그런 거요.

믿기 힘드시겠지만 그런 일이 실제로 일어났지요. 네에.

옆 나라의 에버린…이던가 하는 왕녀님을 더럽다는 이유로 걷어찼거든요.

그것도 맞선 자리에서요.

왕녀님께서 감기에 드셔서 그런 건지 기침을 하다가 좀 콧물이 많이 흘러내리셨거든요. 그것도 모르고 도련님께 어지럽다고 안기시려다가…… 네, 인정사정도 없이 밀쳐내시더군요.

왕녀님이 울면서 돌아가셨는데, 주인어르신이 화가 잔뜩 나셨죠.

약혼을 하든지 호적을 파내든지 하라는 말에 도련님의 대답이 더 가관이었습니다.

저년이랑 결혼할 바에는 호적 파겠다고 했죠.

진짜로 화가 난 주인어르신은 도련님을 영지 가장 외곽, 산골 동네로 보내 버리셨습니다.

두 분 다 한다면 하는 분들이거든요.

아시다시피 세금도 안 걷을 정도로 가난한 산동네다 보니까 뭐 영주아들이고 뭐고 있겠습니까, 변변한 촌장도 없는 곳에.

그리고 그 당시 열네 살이신 도련님은 팔을 걷어붙이고 밭을 갈았죠.

복수의 칼날을 바득바득 갈면서요.

그때 아무도 몰랐던, 도련님의 세 번째 재능이 발동되었죠.

2.

레드 타워의 지하 연무장, 수련을 위한다기보다는 와인 저장고를 만들다가 공간이 남아 형식상 연무장이라고 갖다 붙인 곳으로, 옆에 있는 와인 저장고보다도 더 인적이

드문 곳이었다.

이상했다. 일반적으로 기숙사로 들어가는 정문이 아니라 뒷문으로, 그것도 목격자도 없는 곳을 돌아들어 갔다.

두 사람이 들어서자 크롬은 입구를 닫았다.

붉은 횃불 아래로 헬버드와 창, 양손검부터 거대 열병검, 끝이 휘어진 카타나까지. 하나같이 진검들이 꽂혀 있었다.

티스가 대답했다.

"역시 아무도 없군."

예상했다는 듯한 대답이었다. 크롬이 삐딱하게 물었다.

"왜, 샨이 도망쳤을까 봐?"

"아니, 그놈은 절교를 해도 이런 식으로 처리할 놈은 아니거든. 마주 보고 똑바로 이야기하겠지, 우리 관계는 끝났다고."

티스는 한쪽 소매를 늘어뜨리고 다른 한 손으로는 허리를 짚었다.

"그리고 네놈이 여기 데려온 건 아마도 하나뿐인 친구를 뺏기기 싫은 거겠지? 고집불통 도련님."

크롬은 힐트에 손을 얹으며 대답했다.

"아니, 샨 본인을 위해서다. 티메리스 이타카르 디 와처 헤이스팅스 전하, 네놈은 친구란 사람을 몇 번이나 사지로

진짜 마법 145

몰아넣은 거지?"

"하하, 하하하하하!"

티스는 실성한 사람처럼 이를 드러내며 웃었다. 한참을 웃다가 웃음기를 거뒀다.

"이야기가 빠르겠네. 크롬 마이어하트, 너는 몇 황자 파지? 지난번 암살에 너도 손을 거들었나? 응?"

"우리 마이어하트가는 정치적인 가문이지. 그러나 그렇게 묻는다면 우리가 충성하는 건 황제 폐하이지. 황자 놈들이 아니다 정도로 대답해 둘까."

티스가 붉은색 눈동자를 들었다.

"그래서, 암살자 대신 네가 직접 나서겠다?"

"무서운 소리를 하는군, 티메리스 황자. 이건 어디까지나 결투야. 거기다가 거기 있는 미래의 소드 마스터 율케스까지 가세한다면 누가 나한테 승산이 있을 거라고 생각하겠나?"

율케스는 검을 뽑았다.

"보통 사람이라면 그렇게 생각하지 않겠지."

보통 사람이라면…….

크롬이 입고 온 중무장을 본다면 보통 사람들도 다르게 생각하겠지만.

그러나 증거를 남길 마이어하트가도 아니었고, 결투 중

에 생긴 불의의 사고였다. 2대 1이었고, 실력을 감춘 티스라면 모를까 율케스가 꼈으니 크롬은 어딜 봐도 약자였다. 아직 어린 학생이라는 신분도 한몫했다.

딱, 따닥.

크롬은 손가락을 튕기며 미소 지었다. 피어오르는 보라색 불꽃을 만족스럽게 바라보면서.

"뭐해? 안 덤벼?"

율케스는 주저 없이 그를 향해 검을 들었다. 그러나 티스는 움직이지 않았다.

육감, 그를 여태까지 살게 해준 그 육감이 속삭였다.

'불길해.'

크롬은 뭔가 숨기고 있는 게 있었다. 티스의 입술이 부드럽게 움직였다.

"나 원 참, 애도 아니고. 결국 주먹다짐이냐?"

"무서우면 도망가던가."

피할 수 없었다. 등을 보이는 순간 놈은 주저 없이 벨 테니까.

티스가 웃었다.

"마이어하트가에 하나뿐인 후계자라고 했나? 괴물을 만들었군."

티스의 소매가 흔들렸다. 채찍이 휘리릭 소매 밖으로 늘어졌다.

"아아, 할아버지가 명품광이거든. 하나를 만들어도 제대로 만들어야지."

티스의 붉은 눈동자가 부엉이 머리처럼 까딱였다.

그에게는 보였다. 죽음으로 끌고 가는 검은색 손바닥이, 그림자에서 솟아나 마치 밑바닥 없는 늪처럼 사람을 끌고 내려가는 손목들이.

육감이 귓가에 속삭였다.

'도망쳐.'

그러나 이런 속삭임을 듣고 진짜로 도망친 적은 몇 번이나 되던가.

율케스가 앞걸음을 내디뎠다. 그의 몸이 순식간에 멀어졌다. 크롬의 손이 움직였다. 보라색 화염이 그 순간 폭발했다.

동시에 티스의 채찍이 공기를 갈랐다.

그리고 샨은 책장을 덮었다.

"재미없네요."

이제 더 이상 외울 교재조차 없어 크롬의 책장에 있는 책을 몇 권 뽑아들었다. 소설이나 로맨스는 하나도 없고, 하나같이 군사학이나 정치학에 관련된 책들뿐이었다.

회계학이나 토지학 같은 실무 경영에 관련된 책들도 있었지만 숫자와 통계를 이용한 측량법들만이 가득할 뿐, 사람의 감정이나 사는 이야기 같은 건 어디에도 없었다.

문득 서재 한편에 물리학 책들이 꽂혀 있는 걸 발견했다.

물리학이라. 화염 마법을 사용하면 오히려 화학 쪽에 관심을 갖지 않던가. 가만히 생각해 보았다. 그러나 마찬가지로 재미없는 건 재미없었다.

"수필이나 기행문 같은 건 없을까요? 소설이라도."

"그런 걸 보실 감수성이 있으셨다면 제가 이 고생을 안 하죠. 그래도 알고 보면 착한 분이신데 말입니다. 알고 보면요."

또다시 까는 건지 실드를 치는 건지 알 수 없는 불평을 하기 시작했다.

샨은 곤란한 미소를 지으며 자리를 털고 일어났다.

"화장실 좀 다녀올게요."

"저도 함께 가겠습니다."

샨이 정색을 하며 손을 저었다.

"네에? 혼자 갈게요. 여학생들도 아니고 왜 굳이 같이……?"

사실 감시차 옆에 있는 거지만 샨이 알아채는 것도 그

나름대로 곤란했다. 그렇게 되면 분명히 샨, 본인이 자기 발로 나가려 할 테니까.

"위치를 모르실까 봐 그렇습니다."

"네? 여태 잘 다녀왔는걸요."

이렇게 되면 억지로 따라나선다고 해봤자 의심만 사는 꼴, 결국 네반 경은 한숨을 포옥 내쉬었다. 바로 앞인데 별일이야 있겠나 싶었다.

"빨리 돌아오십시오."

샨은 작게 묵례를 하고는 밖으로 나갔다. 사실 딱히 화장실에 가고 싶어서 나온 건 아니었다. 네반 경이 조금 불편했기 때문이었다.

화장실을 지나쳐 복도 끝 창문을 열었다. 문득 복도 창문은 커튼이 열려 있다는 사실을 깨달았다.

"이상하다. 분명히 닫고 있는 게 전통이라고 했는데······."

샨은 작게 중얼거리더니 뒷걸음질을 쳤다. 주변을 돌아보니 뒤쪽 방에서 시녀들이 침대 시트를 갈고 있었다. 샨은 열린 문틈으로 슬쩍 보았다. 이 방 역시 커튼이 열려 있었다. 이상한 마음에 시녀를 붙잡고 물었다.

"저어, 커튼 닫아야 하는 거 아닌가요?"

"네? 무슨 소리세요. 이 여름에 쪄 죽으려고요?"

그녀의 대답에 샨의 눈이 커졌다. 그녀가 다시 물었다.

"근데 그건 왜……."

샨은 씁쓸하게 웃으며 고개를 저었다.

"아무것도 아닙니다."

설마 크롬이 속인 건가? 하지만 어째서?

장난치고는 재미없었다.

머릿속이 혼란스러워졌다.

그때 누군가가 샨의 어깨를 붙잡았다.

"안녕하세요."

익숙한 목소리에 뒤를 돌아보았다. 예전에 한 번 본 적 있던 사람이었다. 샨이 이 학교에서 가장 불행했을 때 만났던 사람. 샨이 어색하게 남자에게 인사했다.

"네, 오랜만이네요. 그런데 여기는 무슨 일로……."

3.

네반 경은 샨을 기다리고 또 기다렸다. 30분이 넘자 변비인가 진지하게 고민했을 정도였다. 그리고 분침이 5분을 더 지나자 결국 자리를 털고 일어났다.

그리고 정확히 3분 후, 네반 경은 절망했다.

"어, 어디로 간 겁니까아아!"

아무리 찾아봐도 샨은 없었다. 화장실에서 밖으로 나가려면 적어도 이 문 앞을 지나가야 했다. 샨의 기척은 이미 외워 두었다. 아무리 문밖이라고 한들 지나가는 걸 모를 리가 없었다.

일단 그는 목격자를 찾기 시작했다. 문득 방 바깥에서 시트를 모두 갈고 나오고 있는 시녀 하나를 붙잡았다. 그리고 샨을 못 봤느냐고 물었다.

키는 요만하고 여자가 봐도 놀랄 정도로 고운 소년인데 애교는 쥐뿔만큼도 없고, 하는 짓은 냉기가 펄펄 흐르는 소년이라고 했다. 그러자 그녀가 대답했다.

"……!"

그리고 그 대답을 듣는 순간, 네반 경은 주군을 향해 계단을 달려가기 시작했다.

콰아앙!

화염이 등 뒤에서 폭발했다. 율케스는 텀블링을 하며 뒤로, 뒤로 도망쳤다. 율케스가 밟았던 땅에는 어김없이 화염이 솟구쳤다. 그리고 머리 위에 화룡 플라멜이 입을 벌렸다.

크하아앙!

화염의 비가 쏟아졌다. 피할 곳이 없었다. 율케스는 검을 뽑아 직선으로 내뻗었다.

붉은색 검기가 화염을 가르고 날아갔다. 동시에 티스의 목소리가 울렸다.

"숙여."

그리고 물의 창이 화염을 뚫고 크롬을 향해 날아왔다. 크롬은 손가락을 아래에서 위로 튕겨 올랐다.

딱.

주문조차 없이 초고온의 화염을 뽑아냈다.

화염이 치솟아 올리며 물의 창을 말끔히 증발시켰다. 불과 가장 상극이라는 물 속성 마법으로도 소용이 없었다. 상대방은 그야말로 압도적인 화력을 가지고 있었으니까.

티스는 손으로 한쪽 눈을 가렸다.

"이거 진짜로 덤벼야 하나?"

그랬다가는 셋 중 하나, 죽지 않고 끝내지 못할 것을 알고 있었다. 그러나 방법은 보이지 않았다. 티스의 손끝에서 마력이 부풀어 오르기 시작했다.

"진짜로 간다."

"덤벼."

티스는 채찍을 등 뒤로 넘겼다. 좁은 공간에서는 원래 능력의 절반도 뽑아내지 못하지만, 이놈 하나 작살 내는 데는 문제 없으리라. 심상치 않을 걸 느꼈는지 율케스가 눈을 부릅떴다.

"진정해라!"

티스가 나른하게 대답했다.

"아아, 늦었어."

그리고 검기를 머금은 채찍이 화염을 갈랐다. 마치 신의 손바닥처럼 다섯 갈래로 갈라져 크롬을 가차 없이 눌렀다.

콰아아앙!

바닥이 파였다. 흙먼지가 울렸다. 벽이 울리며 가까스로 버텼다. 지하가 무너지지 않는 게 다행이라고, 정말 돈 많은 곳은 달라도 뭔가 다르다고 티스는 생각했다. 분명히 때리는 감촉이 손끝으로 전해졌다. 뼈도 남지 않았으리라.

입학한 이래로 단 한 번도 없던 초유의 사태에 율케스는 넋이 나갔다. 그런 율케스를 향해 티스가 상큼하게 웃었다.

"저질러 버렸네. 데헷~!"

블루 타워 학생회장께서 보셨다면 목을 털어도 열댓 번은 탈탈 털었을 짓을 애교로 때우는 이놈을 보고 율케스는 다 틀렸구나.

저 새끼 때문에 산도 보지 못하고 학교생활 종 치는구

나.

이래서 친구는 가려서 사귀어야 하고 파벌은 언제나 마지막에 서야 하며 줄을 댈 때는 열 번이고, 스무 번이고 두드려 본 다음에 대라고 하는구나.

오만가지 생각이 스쳐 지나갔다.

흙먼지가 천천히 가라앉기 시작했다. 그런데 사람의 그림자가 서서히 드러나는 게 아닌가.

"제법 잔재주를 쓰는데, 황자 나으리."

티스가 다시 채찍을 휘두르려는 순간, 크롬이 팔을 뻗었다. 티스는 소매에서 암기를 털었다. 그런데 암기가 닿기도 전에 땅으로 처박혔다. 크롬의 손이 닿지도 않았는데 티스의 몸이 떠올랐다.

"큭, 크헉…… 설마…… 염동력……."

율케스가 검을 뽑아들자 크롬이 손가락에 힘을 줬다.

"하나뿐인 친구 새끼 목 부러지는 거 보고 싶지 않으면 칼 내려놔라."

율케스는 칼을 내려놓는 대신 오히려 크롬을 가리켰다.

"죽고 싶지 않으면 그 하나뿐인 친구 새끼 좀 내려놓지 그래."

이건 마치 가위바위보와 같았다. 여기서 크롬이 티스를 내려놓으면 티스는 곧바로 크롬을 공격할 것이다. 그렇다고 만약 티스를 이 상태에서 해치워 버린다면 율케스는 주저 없이 그를 향해 검을 휘두를 게 분명했다.

서로에게 칼을 겨누고 있는 세 사람은 적을 대하는 무사처럼 미동도 하지 않았다.

티스가 웃었다.

"크, 크홋 놀라운데? 염동력이라니. 이건 마탑의 마법사들도 못 갖는 능력이잖아."

"아아, 소싯적에 농사 좀 짓느라고. 인간이 원래 목숨의 위협을 느끼면 제3의 능력이 깨어난다잖아?"

"농사를 짓는 게 목숨을 위협할 정도였나?"

크롬의 얼굴에서 웃음기가 가셨다.

"맞아, 엄청난 위협이지."

"왜, 호박이 너 잡아먹겠다던? 허락 없이 밭 갈면 메뚜기가 죽이러 온대?"

"이 나라의 농부들은 하루하루가 목숨을 건 투쟁이더군. 꼽등이, 지렁이, 땅강아지부터 다양한 기생충까지. 그들은 매일 생체 무기들과 싸우고 있는 거야."

티스는 진지하게 이놈이 미친 건지, 농부의 평화롭고 풍요로운 이미지가 국가의 음모로 만들어진 환상이고 그들의 실체는 매일 생체 무기와 싸우고 있는 스페셜리스트인 건지 고민했다.

그리고 결론을 냈다.

"그냥 너 미친 거 맞는 거 같다."

크롬의 이마가 꿈틀거렸다. 뭐라고 하려는 순간, 연무장 문이 부서졌다.

"주군, 주군! 큰일 났습니다! 샨이…… 샨 님이……."

네반 경의 셔츠는 온통 땀으로 젖어 있었다. 단 한 번도 쉬지 않고 여기까지 달려온 모양이었다. 이윽고 그의 외침은 세 사람 모두 무기를 떨어뜨리기에 충분했다.

"……납치되셨습니다!"

4.

많은 학생들이 잘 깨닫지 못하는 사실이 하나 있다. 아카데미를 이루고 있는 이 인공섬은 생각 이상으로 광활하다는 것.

학교로 쓰는 건물은 기숙사까지 합친다고 해도 전체 섬의 절반도 채 되지 않는다. 그 뒤쪽에 있는 부분은 숲이며, 숲이며, 숲이다.

사실 학교 뒤쪽 숲에 대해 어떤 책에서도 자세하게 언급된 적이 없었다. 그저 밤에 숲을 오가는 걸 금지하는 정도.

있으나 없으나 한 조항이었다. 당장 학교 다리만 넘으면 놀 게 천지다. 그럼에도 굳이 이 숲까지 찾아오는 학생이라면 기껏해야 신록의 사제가 되고자 하는 아이거나 드루이드의 비술을 얻고 싶어 하는 사람 정도이다.

샨은 계속해서 숲을 따라 걸어갔다. 눈앞에 있는 남자는 조금도 미동도 없었다. 수갑이 절그럭거리는 소리가 울렸다. 손목이 아파 왔지만 남자는 그것마저 개의치 않은 채 앞으로 걸어갔다. 이윽고 샨이 입을 열었다.

"어디로 가시는 겁니까."

남자는 대답하지 않았다.

샨이 되물었다.

"여기는 화이트 타워가 아닐 텐데요."

남자는 걸음을 멈추고 뒤를 돌아보았다. 긴 금발 머리카락에 은테 안경이 무척이나 인상적이었다. 어쩐지 남자의 표정이 평소와 달랐다.

샨이 물었다.

"화이트 타워의 학생회장님께서 대체 왜 이러시는지 모르겠습니다."

"지난번 일로 조사할 게 있다고 하지 않았습니까?"

"넬 군과 있었던 일이라면 이제 끝난 일일 텐데…… 조사라뇨? 게다가 왜 이런 숲으로 가는 거죠?"

대답하지 않자 더 불안해졌다. 샨이 입을 열었다.

"학생회장님!"

"루비네스 이타카르 에눅스 헤이스팅스라고 불러주십시오."

샨의 걸음이 멈췄다.

"헤이스팅스라고요? 그건 황가의 성······."

"잘 아시는군요."

"잠깐, 회장님의 이름은 루스 아닌가요? 성은 전혀 다른······."

"그건 가명이지요. 군의 친구도 다른 이름을 쓰고 있는 걸로 알고 있는데요."

"제 친구라니요."

샨은 여전히 아무것도 모르는 표정을 지었다. 냉정한 척 위장하고 있지만 눈동자 안쪽에 비치는 순수가 눈물이 날 정도로 즐거웠다.

새하얀 설원에 오줌을 갈기는 기분으로 그가 속삭였다.

"티스 이타카르 말입니다. 티스 이타카르 디 와처 헤이스팅스, 이 나라에 가장 미움받고 있는 황자님 말이시죠."

일순간, 샨의 눈이 흔들렸다.

"······거, 거짓말······ 이죠?"

그는 웃었다. 이를 드러내며 참을 수 없다는 듯 즐겁게

진짜 마법 159

웃었다.

"네, 그동안 군을 사지로 밀어 넣었던 그 친구 말입니다."

백 년이고 천 년이고 함께할 것처럼 굴지만, 사실 우정은 사랑보다도 얄팍한 이름이었다.

그토록 고이 간직해 왔던 우정이 부서지는 소리가 들렸다.

그가 말했다.

"티스와 루스, 참 좋은 이름 아니겠습니까?"

샨은 다시 물었다.

"……거짓말…… 이죠?"

다시 밤은 숲을 덮었다. 밀려오는 나무 그림자 사이로 붉은 망토가 날아올랐다. 그곳에는 붉은 망토의 그녀가 있었다. 그녀는 샨에게 미안한 얼굴로 입술만 움직였다.

'안녕.'

5.

넷은 어둠을 달렸다. 머리 위로 용의 그림자가 날아올랐다.

"저쪽, 저쪽에서 느껴져."

카이의 목소리에 티스는 가볍게 나무를 건너뛰었다. 마치 숲에 사는 엘프처럼 나뭇가지 그 자체의 탄력만을 이용해 가속도를 만들어 냈다. 그에 비해 율케스는 저돌적으로 달려 나갔다. 뱀파이어의 피는 인간의 한계를 뛰어넘는 체력과 속도를 만들어 냈다.

그리고 크롬은 그냥 말을 탔다.

품위 떨어지게 저런 괴물들과 똑같이 달릴 생각은 추호도 없었다. 티스가 숨 하나 흐트러뜨리지 않고 중얼거렸다.

"예상조차 못했어. 단 한 번도 본 적 없는 사람이었는데, 사건이 터질 때마다 어쩐지 주위를 맴돌았지."

크롬이 대답했다.

"만약 네놈이 조금이라도 예상했다면 계획은 끝났을 테니까."

계속해서 생각해 왔다.

누굴까? 누가 노리는 걸까?

이 많은 학생들 중에서 누가 자신을 노리고 있는 걸까?

신입생 명단을 찾아보고 전학생 명단까지 빠짐없이 돌려보았다. 수상한 사람은 없는지 밤에 쏘다니는 놈은 없는지 생각하고 또 생각해 봤다.

그게 함정이었다.

진짜 마법 161

놈은 처음부터 아카데미에 다니고 있었다. 놈이 보기에 오히려 침입자는 티스 쪽이었다. 평안한 학교생활을 방해하러 온 자객, 그 이상도 이하도 될 수 없었다.

티스는 작게 숨을 내쉬었다.

"첫 단추부터 잘못된 거지."

그는 솔직하게 잘못을 인정했다. 크롬이 대답했다.

"너희 같은 인종들이 늘 겪는 잘못 중 하나지. 세상은 내 중심으로 돌아갈 거라는 거."

율케스가 달려가며 묵묵히 대답했다.

"크롬, 설마 네가 그 말을 할 줄은 몰랐다."

티스도 말했다.

"얌마, 아무리 그래도 넌 그런 말 하면 안 되지!"

심지어 뒤에서 쫓아가던 네반 경마저 말했다.

"주군, 방금 그건 자기 무덤······."

"······넌 닥쳐."

크롬은 찢어 죽일 것 같은 눈으로 말했다. 네반 경은 살려달라는 말만 열심히 읍소했다.

카이는 숲 위쪽까지 날아올랐다. 이렇게 오랫동안 날아본 적은 없었지만 오늘은 날이 맑았다. 숲의 공기는 밀도가 높고 탄력이 있었다.

카이는 눈을 감았다. 드래곤 스톤을 통해 샨을 느낄 수 있었다.

샨의 배신감과 두려움까지도.

그때 아래에서 비명이 울렸다. 매캐한 쇠 냄새와 함께 철이 공기를 가르기 시작했다. 적들이 매복해 있었다.

루스 황자는 샨의 등 뒤로 수갑을 채우고, 그를 나무 옆 바닥에 앉혔다.

샨의 허리춤에 있는 검을 뺏으려 했지만, 알테리온 소드는 주인을 가리는 검. 다른 사람의 손을 타자 스스로 불을 뿜었다.

결국 수갑을 채운 채로 밧줄로 한 번 더 묶었다. 손을 움직이기는커녕 걷는 것도 힘들 정도였다. 밧줄이 얼마나 억세게 묶였는지 손에 피가 통하지 않을 정도였다.

샨은 하늘을 바라보았다. 나뭇가지들 사이로 별이 쏟아졌다. 나무들은 마치 살아 있는 것처럼 바스락거렸다.

"왜 이런 짓을 하는 거죠?"

"인질로서 가치가 있으니까요."

자신이? 티스에게?

율케스라면 몰라도 티스는 아니었다. 그는 샨의 반듯한 외모가 마음에 들었던 것뿐이었으니까.

샨이 고개를 저었다.

"아닐 걸요."

"글쎄, 그건 곧 알게 되겠지."

루스 황자는 샨이 이상해 보였다. 보통이라면 이런 상황에서는 울거나 목숨을 구걸해야 정상이었다. 그러나 이 아이는 시종일관 차분했다. 집안에서만 곱게 크다 보니 현실감이 없는 거라고, 그렇게 짐작만 했다.

"인질이 되든 되지 않든 샨 군은 죽습니다. 죽는 게 무섭지 않나요?"

샨은 머리를 숙였다. 앞머리에 가려져 표정이 보이지 않았다. 그늘 사이로 샨이 말했다.

"무섭죠, 무서워요. 하지만 루스 황자님도 불쌍해요."

"불쌍하다뇨."

"그렇게 되면 우리 형들이 가만히 있지 않을 거거든요."

"하? 하하하하하! 아무리 강하다고 한들 누가 죽였는지 어떻게 알고요."

그는 몰랐다. 알테리온가의 삼 형제가 얼마나 강하고 독한지 몰랐다. 형들은 샨이 없어졌다면 황실 보물 창고를 털어서라도 찾을 위인들이고, 죽었다면 샨을 뒤따라가는 한이 있어서라도 그놈을 찾아 복수할 사람들이었다.

알테리온가가 그저 강하기만 했던 건 아버지 대의 일이었다.

지금의 삼 형제들은 달랐다.

샨이 말했다.

"알아낼 겁니다. 설마 루스 전하가 황제가 되신다 하더라도 복수할 거예요."

"그걸 어떻게 알죠?"

"형제니까요."

"사이가 좋군요. 저와 티스와는 정반대군요."

샨은 고개를 들었다. 흔들리지 않은 검은색 눈동자가 성스러워 보이기까지 했다.

"티스를 증오하세요?"

"증오하죠."

"어째서요. 형제잖아요."

"태어날 때부터 그렇게 만들어져 있으니까요. 황가는 상어 뱃속입니다. 왜 상어가 태어날 때부터 그렇게 강하고 지독한지 아십니까? 어미 뱃속에 여러 마리가 있어도 결국 서로 잡아먹어서 한 마리만이 밖으로 나올 수 있거든요."

"그렇게 황제의 자리가 중요하나요? 그냥…… 모두…… 행복한 길도 있잖아요."

이상론이다.

만약 그게 가능했다면 지금과 같은 상황은 벌어지지 않았다. 대마다 이 제국의 황실은 단 한 명의 황제를 만들기 위해 수없이 많은 희생을 치렀다.

후계자 책봉은 언제나 늦장이고, 황후와 후궁들은 아이를 낳는 순간, 세력을 모으기 시작한다. 표면적인 영지전은 어디에도 없다. 다만 끝없는 모략과 암살들. 국가적인 소모는 극히 적었다.

그리고 링 위에 올라온 황자들은 냉혹하고, 냉혹하게 자랄 뿐이었다. 결국 가장 강한 놈이 살아남을 때까지.

"왜 황자들이 스무 살이 될 때까지 사교계에 진출하지 않는 줄 아십니까?"

"스무 살까지 살아남은 황자들이 적기 때문 아닌가요?"

"통계학적으로 사교계에 먼저 진출한 자는 가장 먼저 죽기 때문이었죠. 그래서 저나 티스 같이 세력도 없고 후계구도에서 떨어진 황자들은 이렇게 신분을 속이기까지 합니다. 왜 그런지 압니까?"

"……."

"……그래야 사니까요."

샨은 천천히 남자를 살폈다. 죽음이 코앞인데 이상하게도 마음이 무척이나 차분했다. 삶을 포기한 건 아니었다. 지금도 계속 말을 걸며 남자의 약점을 찾고 있었으니까.

6.

적이 몰려오자 티스가 채찍을 집어 들었다.

"마이어하트가는 중립 아니었던가? 이렇게 황자 한 명을 편들어도 되는 거야?"

그의 채찍이 공기를 가르고 요동쳤다. 크롬이 장갑을 갈아 끼며 대답했다.

"표면상 중립이지. 정말로 중립이었으면 지금과 같은 세력을 모을 수 있을 거라고 생각하나?"

"재미있군. 루비네스 황자는 그 잘난 마이어하트 가문이 굳이 편들만한 세력은 아닐 텐데? 경마로 치면 배팅을 해서는 안 되는 말일 거고."

"그런 말이 배당이 좋거든."

크롬이 손가락을 적을 향해 튕겼다.

콰아아앙!

화염이 폭발했다. 보라색 화염은 적을 폭발시키고 더욱 크게 솟아올랐다. 신기하게도 화염이 태우는 건 오로지 적뿐이었다. 나뭇잎 하나, 이 밤중에 날아오는 나방 하나 태우지 못하고 스스로 소멸했다.

티스가 채찍을 들었다.

"그런 놈의 부하를 이렇게 태워서 괜찮겠어?"

"아아, 내가 배팅한 건 루비네스 황자가 아니야. 게다가 주인을 문 개를 끝까지 놔둘 정도로 내 성격이 좋은 것도 아니고."

그 말에 티스는 눈을 크게 떴다. 이내 결론을 찾았는지 다시 몸을 날렸다.

"그렇다면…… 그런 거군."

"그래, 그런 거지."

결론을 내리자 티스의 붉은색 눈이 불을 뿜었다.

"율케스, 전력을 다해 달려야 할 거 같은데?"

"왜?"

"적은 하나가 아니야!"

그 말이 끝나기가 무섭게 적들이, 그들의 암기가 어둠을 찢었다. 티스는 이를 악물었다. 마른 팔에 힘줄이 순식간에 도드라졌다. 마력이 채찍 끝을 타고 솟아올랐다.

검기.

강철도 베는 인간의 의지.

그걸 검이 아닌 채찍에 사용하면 아주 신기한 일이 벌어진다.

티스의 채찍이 살아 있는 것처럼 위에서 아래로 훑어 내려갔다. 적을 공격하는 목적이 아니었다. 선이 아닌, 면으로, 곡선으로. 2차원이 아닌 3차원으로 움직이는 채찍은 스스로 검기로 만든 보호막을 펼쳤다.

얇은 검기 막에 닿는 순간 암기들은 일제히 날아온 속도와 같은 빠르기로 튕겨 나갔다. 율케스는 티스의 채찍을 밟고는 순식간에 적들 속으로 날아갔다.

붉은 검기가 숲을 달렸다. 네반 경은 결단코 그런 광경을 본 적이 없었다.

율케스의 검은 단단하나 무뎠다. 용만이 쓸 수 있다는 쇠붙이에 손잡이를 그럴듯하게 단 것뿐이었다. 그랬기에 그는 죽은 적의 검을 집어 들고는 춤을 추듯 달려 나갔다.

티스는 그의 뒤에서 마법을 쓰고 채찍을 휘둘렀다.

두 사람은 마치 한 몸처럼 호흡이 물 흐르듯 이어졌다.

네반 경은 기사 생활을 통틀어 이토록 잔혹하고 아름다운 광경은 본 적이 없었다.

뒤를 이어 크롬이 화염을 터뜨리며 달려갔다. 하늘 위에는 밤하늘만큼이나 새카만 카이가 쉬지 않고 날아가고 있었다.

샨이 누군가가 더 있다는 걸 깨달은 건 그로부터 머지않아서였다.

검은 갑옷을 입은 사내가 어두운 숲 안으로 들어왔다.

그는 검은색 몸통의 커다란 짐승을 타고 있었다. 기사가 탄 짐승의 발에서 푸른색 불꽃이 피어오르고 있었다. 어둠 속에서 짐승의 비늘이 번뜩였다.

"일은 어떻게 돼가나."

루스는 칭찬을 바라는 개처럼 대답했다.

"거의 다 돼갑니다. 인질이 있으니 이제 놈들이 올 겁니다."

"저게, 인질?"

남자는 산을 바라보았다. 어둠 속에서 남자의 붉은색 눈동자만이 또렷하게 보였다. 티스와 같은 색깔이었지만, 좀 더 핏방울과 닮아 있었다.

남자는 루스 황자를 비웃었다.

"언제부터 그놈이 우정에 목숨을 걸었지?"

"그거야…… 보면 알 텐데요."

누군가 붉은 눈의 남자에게 귓속말을 했다. 이윽고 그가 재미있다는 듯 한참을 웃었다.

"정말이군. 그래! 이쪽으로 오고 있을 줄이야."

"마이어하트가의 애송이도 오고 있다는군요. 함께 처리해 버리면 후환이……."

남자는 딱 잘라 대답했다.

"상관없다."

"네?"

"살을 주고 뼈를 베는 거지. 오히려 놈을 죽이기 위해서 마이어하트가를 버려야 한다면, 싸게 먹히는 거다."

명문 마이어하트 가문이 고작 '살'이라고 한다면 대체 이 남자는 누구일까?

샨은 최대한 그를 자극하지 않기 위해 조용히 입을 다물었다.

그는 물건을 강평하듯 샨을 훑어보더니 이윽고 고삐를 되돌렸다.

"나는 먼저 가도록 하지. 뒤는 맡기겠다."

"알겠습니다."

그가 사라지자 침묵이 다시 찾아왔다. 샨은 고개를 숙였다. 부디 그의 친구들이 그를 찾아오기를, 그리고 찾아오지 말기를.

무슨 기분인지조차 자신도 알 수 없었다.

누군가에게 짐이 된다는 건 생각 이상으로 끔찍한 일이었다. 샨이 작게 중얼거렸다.

"내가 강했다면……"

"이런 일은 없었을 거라 생각하십니까, 샨 군?"

루스 황자가 샨을 발로 찼다.

퍼억.

샨이 바닥을 굴렀다. 그가 비릿하게 웃었다.

"만약 샨 군이 율케스 군만큼이나 강했다면 어쩌면 이런 일은 없겠죠."

"……."

샨은 대답하지 않고 그를 바라보았다. 마음속까지 꿰뚫어 보는 것 같은 눈빛에 그가 소리 질렀다.

"저라고! 저라고 이런 짓을 하는 걸 즐기겠습니까!"

다시 샨을 걷어찼다.

그가 찰 때마다 뼈가 비명을 질렀다.

그때, 붉은 망토의 여인 그녀가 소리 질렀다.

"그만 하세요!"

"당신도 같아요, 티에렌 양! 당신이라고 이런 곳에 목숨을 걸고 싶지는 않았을 겁니다! 아니, 이미 그를 찌르는 순간부터 모든 걸 포기한 건가?"

그는 너무 감정적이 되어 있었다.

샨은 신음 한 번 내지르지 않고 그가 뻗는 주먹을 잠자코 맞고 있었다. 고통이 너무 심했다. 샨은 눈을 질끈 감았다. 그런데 눈을 감기가 무섭게 카이가 느껴졌다.

동화.

반지가 빛이 뿜기 시작했다. 샨은 일부러 바닥에 드러누워 뒤에 있는 손을 감췄다.

카이가 근처에 있는 게 틀림없었다.

시간을 벌어야 했다.

샨은 이를 악물고 그의 발길질을 버텼다.

보다 못한 그녀가 샨 앞을 막아섰다.

"저러다 죽겠어요!"

"하아, 하아…… 빌어먹을."

그는 가쁜 숨을 몰아쉬며 샨을 바라보았다. 폭행을 당하는 사람치고는 지나치게 차분했다. 이윽고 샨이 입을 열었다.

"헛소리하지 마."

"뭐?"

"넌 그냥 겁쟁이일 뿐이잖아. 약한 거라고? 약하니까 강자에게 굴복하는 게 당연한 거라고? 웃기지 마. 넌 저항하는 걸 포기한 것뿐이야."

"이 자식이!"

그녀가 몸으로 황자를 붙잡았다.

"진정해요!"

샨은 몸을 일으켰다. 팔이 뒤로 묶여 있어서 상체를 드는 것조차 어려웠다. 그래도 일어났다. 몸을 비틀거리며 나무에 간신히 등만 의지하는 샨을 바라보며 그가 비웃었다.

"그래 봤자 당신이 뭘 할 수 있는데! 알테리온가의 병신 새끼가!"

샨은 이를 악물었다. 등을 꼿꼿이 펴고 그를 노려보았다.

"이런 몸이지만 잘하는 게 딱 하나 있지. 그거 하나만은 우리 형도 못 따라가."

"검 하나 제대로 못 다루는 병신이 뭘 할 수 있는데!"

샨이 대답했다.

"포기하지 않는 것, 절대로 포기하지 않는 것."

"그게 무슨 소용이지? 포기하지 않는다고 해서 소원이 이루어지나?"

"이루어져."

샨은 눈을 감았다. 말하기를 거부하는건가 하고 그녀가 안도의 한숨을 쉬었다. 그렇다면 더 이상 싸우지 않아도 될 테니까. 그러나 그녀의 예상은 틀렸다.

샨의 손가락, 손끝에서 화염이 치솟아 올랐다. 불꽃은 밧줄을 태우고 수갑을 끊었다. 그럼에도 샨은 옷자락 하나 상하지 않았다.

루스 황자가 소리 질렀다.

"미친……! 모두 무기를 들어!"

반지의 빛이 폭발하는 순간, 화염이 치솟아 올랐다.

콰아앙!

크롬의 것과 똑같은 보라색 화염이 샨을 완전히 덮어씌 웠다. 루스는 소매로 얼굴을 가렸다. 화염이 박살 나며 수 갑이 터졌다. 샨은 숨을 가쁘게 쉬었다.

"절대 포기 안 해!"

샨의 반지, 드래곤 스톤이 빛을 뿜었다. 루스 황자가 놀 라서 중얼거렸다.

"마나를 쓰지 못하는 게 아니었던가…… 설마?"

그리고 하늘 위에서 카이가 화살처럼 날아왔다.

"마마!"

샨은 가쁜 숨을 내쉬었다. 크롬처럼 따로 훈련도 받지 도 않고 주문도 없이 불을 일으키는 건, 몸에 부담이 너무 크다. 더 이상 마법을 쓰는 건 무리였다. 그렇다면 결론은 하나. 드래곤 테이머가 최소한의 부담으로 일으키는 기적 은 바로…….

"카이, 화염 브레스."

카이의 드래곤 스톤이 빛을 뿜었다.

보통 야생의 화룡이 스스로 불을 뿜기까지 걸리는 시간 은 30년, 그러나 테이머는 드래곤의 잠재력을 끌어내고, 더 욱 강한 불꽃을 이끌어 낸다.

카이가 입을 벌렸다.

화아아앙!

화염이 치솟아 오르며 벽을 만들었다. 그러나 암기가 화염의 벽을 뚫고 날아왔다. 샨은 반사적으로 팔을 교차했다.

팔에 암기들이 박혔다. 샨은 비명을 참으며 허리춤에 검을 가져갔다. 그러나 어째서인지 알테리온 소드가 뜨거웠다. 금방이라도 손을 델 것만 같았다. 샨은 신음을 내질렀다.

이제 마나를 사용할 수 있으니 샨을 거부하는 모양이었다.

"다섯 살짜리 애들보다 낫다는 걸 인정해 준 건 고마운데 말이야. 알테리온 소드…… 내가 죽으면 너도 울 아버지한테 무사하지 못할 거거든?"

아버지 성격이라면 아마 용광로에 쑤셔 버리던가, 아니면 저 어디 남쪽 부족에 도박 빚 대신 팔아 치울 것이다.

열기가 여전했다. 샨은 이를 악물고 검을 뽑았다. 손바닥에 벌써 물집이 잡히기 시작했다.

카이가 송곳니를 따딱 부딪쳤다.

"할 수 있어. 괜찮아."

그렇게 말하고는 검을 휘둘러 날아오는 암기를 쳐냈다.

카이의 마력을 빌려 쓴다고 한들 검기를 쓸 수 있는 건 아니었다. 다만 수만 번, 수십만 번 휘둘렀던 그 기억이 남아 있었다. 샨은 어설프게 암기를 쳐냈다.

타앙!

다행히 튕겨냈다. 막지 못했다면 목에 박혔을 암기였다. 작열하는 화염의 벽 너머에서 익숙한 보라색 불빛이 터졌다.

불꽃 속에서 목소리가 들렸다.

"샤아아안!"

말이, 검은색 커다란 말이 화염의 벽을 뚫고 들어왔다. 크롬이었다. 샨은 손을 내밀었다. 크롬은 그의 손을 붙잡았다. 샨은 마치 서커스를 하듯 몸을 튕겨 크롬의 말에 올랐다.

긴장이 풀려 눈물이 날 것만 같았다. 그래도 울 수는 없었다.

손바닥이 깊숙하게 타서 하얀 뼈가 보일 것 같았다.

아프다는 말로는 이 고통을 표현할 수 없었다. 그렇지만 검을 놓지 않았다.

포기하지 않을 거니까. 결코 삶을 포기하지 않을 테니까.

적이 밀려왔다. 날아오는 석궁 볼트에 말이 쓰러져 바닥을 굴렀다. 샨은 반사적으로 카이를 껴안았다. 그 충격은

진짜 마법

장난이 아니었다.

다리가 부러졌다. 샨은 척추를 보호하기 위해 몸을 웅크려 충격을 막았다.

몇 바퀴를 굴렀는지 모른다.

눈을 떴을 때는 크롬이 쓰러져 있었다.

"괜찮……."

샨은 말을 계속 잇지 못했다. 크롬의 옷 밖으로 갈비뼈가 튀어나와 있었다. 순간적으로 샨을 감쌌는지 몸이 만신창이었다. 크롬은 억지로 몸을 일으키려다 피를 토했다. 샨은 그를 부축했다. 피가 배어 나왔다. 샨은 무의식적으로 의료 가방을 찾았다. 그러나 없었다.

잡혀 오면서 카이조차 챙기지 못했는데 의료 가방 같은 게 있을 리 없었다. 샨은 옷을 찢어 피를 꾹 눌렀다. 그러나 동맥이 좀처럼 압박되지 않았다. 적어도 샨의 몸이 정상이었다면 좀 더 누를 수 있었을 텐데…….

샨은 오열하듯 소리 질렀다.

"정신 차려. 죽으면 안 돼!"

이런 데서 죽게 둘 수는 없었다. 자신을 위해 몸을 던진 그에게 할 말이 많았다. 하고 싶었던 말이 한둘이 아니었다. 누군가가 대신 죽은 것만큼 괴로운 건 없었다. 결국 샨의 까만 눈동자에 그렇게 참았던 눈물이 천천히 배어 나왔다.

크롬의 숨이 가빠졌다. 곧 쇼크가 올지도 몰랐다. 크롬이 입을 벌렸다.

유언, 어쩌면 정말 마지막이 될 줄도 모르는 말.

샨은 몸을 떨며 그의 입가에 귀를 가져다 댔다.

크롬은 피를 뱉으며 말했다.

"아, 씨발…… 내 가르뎅 셔츠……."

그렇게 말하고는 의식을 잃었다.

샨은 결국 참았던 울음을 터뜨렸다.

"유언이라도 제대로 하지. 이 바보가……!"

율케스가 샨의 앞을 막아섰다.

"감상에 젖을 때가 아니다."

율케스는 크롬의 허리춤에서 검 하나를 더 뽑아들었다. 양손으로 검을 들고는 집중했다. 암살자가 몰려오기 시작했다. 신분을 감춘 기사들인지 하나같이 마나를 사용할 줄 알았다. 적들의 수가 지나치게 많았다. 이대로라면 모두 죽는다.

그건 율케스도 티스도 샨도 알고 있었다.

율케스는 왼손을 귀걸이에 가져다 댔다. 이렇게 된 이상 봉인을 푸는 수밖에 없었다. 그러나 괴물이 돼 버린 그 모습을 과연 그의 친우가 받아줄 수 있을까.

그때 율케스의 뒤에서 목소리가 울렸다.

"비켜."

촤아아악!

채찍이 촉수처럼 뻗어 나가더니 정확하게 루스 황자를 낚아챘다. 샨이 뒤를 돌아보았다. 티스가 나무 뒤쪽에서 서 있었다.

루스 황자의 목에 단검을 가져다 대며 소리 질렀다.

"싸움은 끝났어! 더 이상 공격하면 이놈의 목숨은 없다."

루스 황자가 소리 질렀다.

"그만, 그만! 공격 중지!"

그러나 화살이 정확하게 티스의 미간을 향해 날아왔다. 티스는 루스 황자의 허리춤에서 검을 뽑아 화살을 튕겨냈다.

까앙!

티스가 곤란한 표정을 지었다.

"이거 전부 몰살시킬 모양인데."

루스 황자가 절망적인 표정을 지었다.

"그만두라니까!"

티스가 머리를 벅벅 긁었다.

"아, 이거…… 당신 그렇게 영향력이 없었어? 당신 쫄다구는 아닌 줄 알았지만 이거 너무 하잖아!"

루스 황자가 울었다.

"그만, 그만해에!"

티스의 붉은 눈이 차갑게 가라앉았다.

"후, 안 되겠다."

그의 단검이 루스 황자의 목을 눌렀다. 샨은 그런 티스를 처음 보았다. 누군가를 처리할 때의 티스의 눈동자는 믿을 수 없을 정도로 차가웠다.

"제발, 제, 제발……."

울며 애원하는 그에게 티스가 미소 지었다.

"저세상에 먼저 가있어. 나도 곧 따라갈 테니까."

단검이 그의 목을 내리긋는 순간, 화살이 정확하게 티스의 손을 향해 날아왔다. 티스는 화살을 막았다.

타앙!

적인가 싶었지만 화살 모양이 이상했다. 마치 유리로 만든 것 같은 투명한 화살. 차가운 냉기에 티스는 손등을 털었다. 화살은 땅에 닿자마자 사라졌다.

"멈춰라."

목소리의 주인은 은폐 마법을 풀었다. 그러자 하늘에 거대한 용이 드러났다. 건물 3층 정도 길이의 용은 크게 포효하며 날개를 펼쳤다. 누군가가 용의 밑으로 내려왔다.

30미터가 넘는 높이에서 가장 먼저 뛰어내린 건 에녹 교수님이었다. 그 뒤로 라온 교수님이 마치 흑표범처럼 소리 없이 뛰어내렸다.

"이야, 퍽 후끈한 무댄데요."

마지막으로 대검을 든 작은 소년이 공중에서 뛰어내렸다.

쿠우웅─.

소년이 뒤를 돌아보며 씨익 웃었다.

"제때 맞춰 왔나?"

붉은색 긴 머리카락, 그리고 제 몸보다 더 큰 대검. 검술 수업의 아론 교수님이었다. 암살자들은 꼬맹이 아론 교수님을 향해 달려갔다.

"인질로 잡아!"

아론 교수님은 놈들에게 달려가더니 냅다 사커킥을 날렸다. 가벼운 발길질 한 방에 놈들이 우수수 쓰러졌다.

"아무리 내 미모가 좀 출중하기로서니 벌써부터 팬질이야!"

라온 교수님이 흥얼거렸다.

"거 부끄럽지 않습니까? 예순이 넘으셨으면서. 곧 일흔도 코앞이시잖습니까."

아무리 봐도 일곱 살도 넘지 않을 것 같은 소년이 검을 핑그르르 돌렸다.

"취향이라능. 존중해 달라능."

그가 손짓하자 거대한 용이 줄어들기 시작했다. 당장 성에 날아가서 공주님을 내놓으라고 불을 뿜을 것 같은 용이었다. 그 무시무시한 용이 카나리아만큼이나 작고 앙증맞게 변하는 게 아닌가.

"삐, 삐잇!"

"자고로 뭐든지 작고 귀여워야 소녀들에게 인기가 많거든."

그러나 눈앞에 방긋 웃는 미소년은 실은 예순이 넘은 근육질 중년이라는 걸 모르는 여학생이 없다는 게 문제라면 문제겠다. 정신이 나가 있는 암살자들을 향해 검을 붕붕 휘두르며 아론 교수님은 장난스럽게 웃었다.

"오늘 밤은 달도 좋은데 한번 거하게 놀아볼까?"

그는 들소처럼 우다다 달려갔다. 그의 검 끝에서 소드마스터를 상징하는 검강이 줄기줄기 맺혔다. 그는 야구를 하듯이 대검을 부웅 휘둘렀다. 볼링 핀이 나가떨어지듯 쾅 소리와 함께 적이 흩어졌다.

다크엘프 라온 교수는 빙긋 미소를 짓더니 바닥을 짚었다. 고대 악마의 힘이 발현되는 것이리라.

"먹어라. 태초의 혼돈이여."

대지가 먹물을 삼키듯 그림자가 커져 갔다. 그리고 그

그림자 아래에서 글자가, 저주받은 문양이 솟아나 적을 삼키고 들어갔다. 비명이 커져 갔다. 그러나 시체조차 남지 않았다. 아론 교수님이 투덜거렸다.

"어휴, 저 잔인한 새끼."

그동안 에녹 교수님이 샨을 향해 걸어왔다. 물로 만든 투명한 활대 끝에는 얼음 화살이 맺혀 있었다.

그가 활에서 손을 놓자 수증기로 돌아갔다.

그는 기절해 있는 크롬에 우선 손을 짚었다. 신성 찬트를 외자 피가 멈추며 크롬의 안색이 눈에 띄게 밝아졌다.

"일단 응급조치만 했다. 움직이지 않도록 늑골을 고정시켜."

그는 어깨에 걸고 있던 가방을 샨에게 던졌다. 샨의 의료 가방이었다.

샨이 가방을 받아들고는 놀란 눈으로 그를 바라보았다. 에녹 교수가 대답했다.

"말했잖나. 우리들은 너희가 생각하는 것보다 많은 걸 알고 있다고."

그렇게 말하고는 에녹 교수님은 티스에게 걸어갔다. 그러고는 루스 황자에게 말했다.

"루스 에스테반 회장, 아니 루비네스 이타카르 에눅스 헤이스팅스 황자. 군은 퇴학이다. 원한다면 학생회를 통해

서면으로 항의해도 좋다. 그러나 신입생 납치 및 암살 기도가 알려지고 싶진 않겠지."

퇴학.

얼핏 보면 비교적 가벼운 형벌로 보였다. 그러나 사실은 완곡한 표현으로, 사형에 가까웠다. 학교 밖으로 나온 그를 암살하지 않을 세력도 없거니와 그를 지지해 주던 누군가는 실패한 그를 용서할 리 없으니까.

"용서해주세요. 교수님, 제발! 용서해주세요!"

"후회는 아무리 빨라도 늦는다지."

에녹 교수의 냉정한 대답에 루스는 눈물을 떨구며 바닥에 주저앉았다. 에녹 교수님은 그에게 시선도 주지 않고 티스에게 다가갔다. 그리고 그의 단검을 뺐더니 티스의 뺨을 짝 후려쳤다.

"책이나 읽고 여자나 꼬시라고 이야기했을 텐데, 티스 이타카르."

"……"

티스는 입안에 고인 피를 뱉어냈다. 에녹 교수님은 그런 티스의 머리에 손을 얹었다. 그 손바닥이 따뜻해서 티스는 고개를 들었다. 교수님이 말했다.

"나는 아이들이 싸우는 게 싫다."

자신도 모르게 티스는 입술을 뗐다.

"……죄송합니다."

"반성을 받아들이마."

교수님은 전장으로 향하려다 뭔가 생각났는지 샨에게 돌아왔다.

"잘했다, 샨 알테리온. 너는 옳은 선택을 했다."

그 말을 하러 싸우다 말고 여기까지 다시 돌아온 건가.

언제나 상과 벌이 정확한 교수님이었다. 샨은 그런 고지식한 면이 싫지 않았다.

"다시는 이런 일 없었으면 좋겠어요."

"그래, 모든 이의 바람이지. 한 번도 이루어진 적은 없지만."

그렇게 말하고는 허공에서 다시 활을 생성했다. 과거, 퍼스트 워터의 수호자로서의 권능은 아직 남아 그를 지켜주고 있었다. 대하(大河)의 활, 퍼스트 워터를 지키기 위해 만들어진 여섯 번째 물의 축복.

활시위를 당기자 공기 중에 수분이 동결되며 얼음 화살이 맺혔다.

과거 퍼스트 워터를 지키기 위해 만들어진 활은, 이제는 그의 학생들을 위해 마력을 증폭시켰다. 교수님은 천천히 주문을 외웠다.

"나, 물의 조종자 에녹의 이름으로 원하노니 물의 진노,

하늘을 가르는 폭풍우의 분노."

교수님이 활시위를 놓자 수백 발의 얼음 화살이 하늘에서 쏟아졌다.

레인 샤워.

수백 발의 화살은 소나기처럼 적을 향해 날아왔다. 그야말로 기적이었다. 인간은 절대 사용하지 못할 고대의 주문이었다. 얼음 화살이 땅에 꽂히며 적의 발을 붙잡았다.

그리고 에녹 교수님이 다시 활을 들었다. 그러자 얼음 화살이 다시 녹으며 거대한 해일처럼 뭉쳤다.

"아쿠아 링."

물이 회오리를 치며 적을 쓸어 버리기 시작했다. 인간은 사용할 수 없는 권능, 그 어떤 마법사들도 이뤄낼 수 없는 경지.

과거 퍼스트 워터의 수호자였지만, 지금은 한 학교의 교수. 책이나 신화에서만 봤던 그 광경이, 세계의 파멸 앞에서 마왕을 물리치던 그 영웅이, 바로 눈앞에 있었다.

그랬다.

신화는 살아 있었다.

7.

화이트 타워 학생회장에 대한 퇴학 조치로 많은 학생들이 놀랐다. 특히 화이트 타워 쪽에서는 반대 시위를 할 정도로 반발이 심했다. 무슨 이유인지조차 학교는 밝히지 않았고, 다만 교칙을 위반했다는 대답만 할 뿐이었다.

인자하고 공정하기로 소문난 그가 퇴학 조치라니. 시위는 더욱 커져 갔다. 그러나 결국 시위는 얼마 안 가 흩어졌다. 루스 회장 본인이 시위를 해산시켰기 때문이었다.

홀로 트렁크를 끌고 나가는 그는 정말 죽으러 가는 사람 같았다. 그런 그가 교문을 나서고 도개교를 넘어가는 뒷모습을 티스는 끝까지 바라보았다.

마치 다음 순서를 기다리는 사형수처럼.

그날 새벽, 티스는 시험공부도 하지 않았고 한없이 창밖을 바라보았다.

현실은 언제나 텁텁했다.

그의 주변은 언제나 피 보라가 몰아쳤다. 살기 위해서는 선택을 해야 했고, 그 선택이 언제나 '옳은' 선택이라고는 할 수 없었다. 다만 살기 위해서…… 라는 목적에 '맞는' 선택이었을 뿐이었지.

이번 일로 주위 사람이 죽을 뻔한 게 두 번째였다.

샨은 허니 밀크를 그의 책상 위에 내려놓았다.
"안 자?"
티스가 미소 지었다.
"먼저 자도록 해."
왠지 평소와는 다른 모습이었지만, 샨은 더 이상 묻지 않기로 했다.
그때 일이 있은 이후로 티스뿐만 아니라 모두 생각이 많았으니까.
샨은 옷을 갈아입고 침대에 누웠다. 샨이 잠이 들 때까지 티스는 미동도 하지 않고 생각에 잠겨 있었다.
톡, 토독.
샨은 잠결에 누군가 방을 청소하는 소리를 들었다. 티스였다.
단 한 번도 주변 정리를 한 적 없는 녀석이었다. 그런데 오늘 처음으로 방 청소를 하고 있었다. 샨은 다시 눈을 감았다. 티스는 창틀, 책상 뒤쪽 먼지까지 닦아냈다.
꿈속으로 다시 몸이 가라앉았다.
그리고 다시 눈을 떴을 때는 티스가 없었다.
그 많던 짐들이 단 한 점도 남아 있지 않았다.
샨은 밖으로 뛰쳐나갔다. 그의 흔적은 어디에도 남아 있지 않았다.

문득 샨의 책상 위에 새하얀 편지가 놓여 있었다.

『굳이 작별인사 같은 건 하고 싶지 않았지만 말해 둘게. 친구니까.』

티스는 그렇게 두 사람 곁을 떠났다.

기말고사 중에도 그는 돌아오지 않았다. 휴학계나 자퇴서도 학교에 제출하지 않은 상태였다. 다음 학기에도 돌아오지 않는다면 돌이킬 수 없게 된다.

샨의 피눈물 나는 노력이 통했는지 율케스는 간신히 보충수업을 면했다. 그러나 수리학만큼은 기초가 없으면 안 되는 거였다. 결국 그 과목만 따로 일주일 보충수업을 하기로 했다.

방학이 시작돼 짐을 싸기 시작하는 샨에게 율케스가 말했다.

"포기해. 놈이 작정하고 숨으면 누구도 찾을 수 없으니까."

샨이 고개를 저었다.

"알잖아, 내 성격."

친구니까 떠난다는 말이 심장에 박혔다.

샨은 자신이 약해서 떠난다는 말 같아 더 죄책감이 들었다. 찾고 싶었다. 어떻게든 찾고 싶었다. 그를 만나고 싶었다.

율케스는 책을 들고 수업에 나섰다. 텅 빈 기숙사 안은 공허했다.

찾을 방법이 없을까, 정말로…… 찾을 방법이 없는 걸까.

수십 번, 수백 번 되뇌었다.

샨은 침대에 누웠다. 졸음이 쏟아졌다. 낮에는 티스를 찾아다녔고, 밤에는 율케스를 가르쳤다. 요즘 내내 쉬지를 못했다.

조금은 괜찮겠지.

샨은 눈을 느리게 깜빡깜빡 떴다. 문득 카이의 드래곤 스톤이 빛났던 것 같다. 다시 보고 싶었지만 눈꺼풀이 너무 무거웠다. 결국 샨은 까무룩 잠이 들었다.

8.

불 속에 소년이 서 있었다. 왕성에는 화염이 타오르고 있었다. 비명과 절규가 대지를 삼켰다. 이 지옥 속에서도 붉은색 눈동자만큼은 불꽃보다 고고했다.

전쟁터 한가운데, 어린 티스는 그렇게 난간에 앉아 있었다. 마치 영혼 잃은 인형처럼 그는 하늘을 바라보고 있었다.

그는 학교에 오기 전에 무슨 짓을 저질렀던 걸까.

영락없는 용병 옷차림이었지만 그가 저지른 짓은 일개 용병이 할 수 있는 일이 아니었다.

화염이 뒤덮인 세계 속에서 시체를 벗 삼아 담뱃대를 입에 물었다.

학교에서는 단 한 번도 보여준 적 없었던 표정이었다. 공허하고 편안해 보였지만, 그건 사냥을 마친 사자와 같은 표정이었다.

채워져도 결국은 채워지지 않는 그런 공허함이 내리눌렀다.

티스는 노래를 흥얼거렸다.

마치 살아 있는 전쟁의 신처럼.

꿈결은 파도처럼 흘러갔다. 샨의 의식은 어느새 티스가 더 어렸을 때를 쫓아가고 있었다.

여섯 살도 채 되지 않은 어린 티스가 서 있었다.

그때는 제국 황궁에 살고 있었던 모양이었다. 소년이 손끝을 들자 체스 말이 움직였다. 소년의 등 뒤에 있던 어머니가 비명을 질렀다.

여섯 살짜리 아이가 내려놓은 체스판 옆으로 열네 개의 체스판이 둥글게 포위했다. 대륙의 체스 마스터들이 소년을 향해 각자의 체스말을 집어 들었다.

1대 14.

고작 여섯 살 겨우 넘었을 법한 어린아이에게 하기에는 너무 야비한 공격이었다. 그러나 어린아이는 멍한 표정으로 14열에 있는 각기 다른 말을 30초 안에 움직였다.

이내 다른 체스 마스터들이 소년에게 대전을 청했다. 1대 14는 1대 15로 이내 16으로, 17로……. 마침내 서른 명의 체스 마스터들을 동시에 격퇴시켰다.

소년의 어머니 뒤로 신하가 속삭였다.

"황가의 핏줄입니다! 패스 파인더(Path Finder)의 능력이 발현된 거라고요! 이건 신이 내린 선물입니다!"

신하의 말에 그녀가 목소리를 높여 말했다.

"반드시 옳은 길을 선택하는 능력이라고요? 다른 자들이 이 아이에게 무슨 짓을 할지 생각해 보셨습니까? 내기할 수 있습니다. 이 애는 일평생을 불행하게 살 겁니다."

"혹시 모르잖습니까! 이 아이의 능력을 공개하면 모든 이가 무릎을 꿇을지도……."

체스는 끝났다. 아이는 몸을 일으키더니 경비병에게 신호를 했다. 어두운 암실, 비명이 울렸다. 서른 명의 체스 마스터들이 죽는 건 그와 동시였다.

명령을 내린 건 고사리 같은 작은 손바닥을 가진 어린 소년이었다. 그녀의 어머니가 입을 열었다.

"패스 파인더, 그 재능을 가진 자들의 부작용을 알지 않습니까."

"대가로 평생 인간의 마음을 잃게 되지요. 하지만 그게 뭐 어떻습니까? 황제 자리입니다. 어차피 누구보다 냉혹해야 하는 자리 아닙니까?"

소년은 멍한 눈으로 이쪽을 돌아보았다.

소년은 이쪽을 향해 걸어왔다. 그러나 안아달라는 말을 하지 않았다. 다만 떨어진 검을 들고는 신하를 향해 일격에 급소를 찔렀다. 그것은 그 신하가 조만간 배신할 거라는 의미였다.

소년의 '선택'은 언제나 옳았으니까.

그러나 어머니는 비명을 질렀다. 다리에 힘이 풀렸는지 바닥에 주저앉았다.

티스는 공허한 눈으로 어머니를 향해 걸어갔다. 어머니는 티스의 뺨을 힘껏 후려쳤다.

짝!

어머니는 티스에게서 단검을 뺏었다. 그러고는 아이를 힘껏 껴안았다.

　"아직 사람의 감정이 남아 있는 거지? 응? 아이야, 제발…… 제발 그렇다고 말해주렴."

　"……."

　티스는 얻어맞은 뺨을 만졌다. 아팠다. 붉은 눈의 인형은 아이처럼 엉엉 울었다.

　그게 신의 축복이라도 되듯 어머니는 아이를 꽉 끌어안았다.

　"어떻게든 너만은 사람처럼 살게 해줄게. 그런 재능도 모두 잊게 해줄게. 응? 아이야. 무슨 짓을 해서라도 태어나서 다행이라는 말을 듣게 해줄게. 그러니까…… 제발……."

　어머니는 뒷말을 잇지 못했다.

　우는 아이를 꽉 끌어안으며 주문처럼 귓가에 박아 넣었다.

　"……제발 잊어!"

　꿈결은 과거, 현재, 미래가 없었다. 시간은 제멋대로 달리다가 멈췄다.

　샨이 눈을 뜬 건, 방금 본 장면에서 얼마 지나지 않은 언젠가였다.

아이는 마법진 안에 앉아 있었다. 어머니는 아이 앞에 서서 주문이 적힌 종이를 꺼내 들었다. 어머니 옆에 그녀가 서 있었다. 지금보다 많이 어렸지만, 지금보다 더 혈색이 좋아 보였다. 샨은 그녀를 알아볼 수 있었다.

티에렌, 빨간 망토의 그녀였다.

"마마, 이러시면 안 됩니다. 만인지상의 자리 아닙니까! 사람들이 그렇게 목숨을 걸고 오르려던 곳 아닙니까! 그깟 사람의 마음이 어때서요? 그 자리에 오르려고 수십 번도 수백 번도 버리지 않았습니까!"

"지금부터 나 대신 내 아들을 부탁하네."

"마마!"

"내가 이 황궁에 있는지도 10년이 돼가네. 그러나 단 한 번도 행복한 사람을 본 적 없으이. 나 역시 행복해 본 적이 없고, 폐하 역시 행복하신 적이 없다네."

"그런 불경한 말을…… 어찌!"

"그래그래, 다들 나를 비웃겠지. 아마 이 아이도 날 원망하게 될지도 모르네."

그녀는 아들을 꽉 끌어안았다. 티스의 얼굴에는 표정이라곤 없었다.

"일 년이라도 좋아. 하루라도 좋네. 그저 이 아이가 행복하게, 사람답게 살 수만 있다면 내 목숨 갈가리 찢어져도 좋단 말일세."

"하지만 재능을 봉인한다는 건, 황자님의 모든 걸 봉인한다는 것. 마마에 대한 마음마저 잊는다고 하지 않았습니까!"

"상관없어. 천하에 둘도 없는 매정한 어미라고 생각해도 상관없어."

내 아들이 더 이상 날 사랑해 주지 않아도 상관없어.

그녀는 마지막 말을 삼키며 티스를 다시 으스러지도록 꽉 끌어안았다.

"아이야, 넌 이제 날 잊을 거란다. 내 추억마저 잊어버릴 거고, 다른 사람이 그리 떠받드는 저주받은 능력마저 잃어버릴 거란다."

아이는 공허한 눈으로 어머니를 바라보았다. 사람의 눈이 아니었다.

사람의 얼굴이 아니었다. 이 아이가 지금 자신의 배에 칼을 쑤시지 않은 건, 오로지 길러준 엄마이기 때문이라는 사실을 알고 있었다.

그리고 그게 지금 티스에게 남은 마지막 인간의 마음이라는 것도.

어머니는 소년을 끌어안은 팔을 놓았다.

"이제부터 티에렌을 엄마처럼 생각하렴. 내가 딸처럼 생각하고 기른 아이이니 절대 너를 두고 배신하는 일은 없을 거다."

그러나 어린 소년은 어머니의 말이 틀렸다는 듯 티에렌을 공허한 눈으로 가리킬 뿐이었다. 어머니는 고개를 저었다.

"믿으렴. 다 괜찮을 거야."

마법진에 빛이 솟아났다.

어머니는 티스에게 물약을 먹였다. 백지처럼 하얀 액체가 목 뒤로 넘어가자 티스는 정신을 잃고 쓰러졌다. 그리고 그녀는 종이에 적은 대로 읽어 내려갔다.

무슨 단어인지는 알 수 없었다. 적어도 샨이 알고 있는 언어는 아니었다.

그게 티스를 봉인하는 암호라는 걸 샨은 깨달았다. 듣고 싶지 않았지만, 머릿속에 각인됐다. 봉인을 마치며 그녀가 말했다.

"너는 나를 원망하겠지. 어쩌면 겨우 얻은 사람의 마음을 나를 증오하는 데 전부 소비할지도 몰라."

그래도 사랑한단다, 아들아. 하나뿐인 내 아들아.

거대한 빛이 파도쳤다.

어머니가 말했다.

"행복해야 한다."

진짜 마법 199

그리고 다음 날, 기절했던 아이가 침대에 깨어났다.
아이는 일어나자마자 울음을 터뜨렸다.
마치 세상에 처음 태어난 그날처럼.

9.

샨은 눈을 떴다. 새카만 망막 아래로 투명한 눈물이 흘러내렸다.

머리가 멍했다. 이불을 더듬으며 겨우 상체를 곤추세웠다. 그런 샨을 은발의 청년이 내려다보고 있었다.

"안녕. 재미있는 꿈을 꾸는 학생이 있어서 와봤는데 바로 너였구나."

"안녕…… 하세요."

여기까지 대체 어떻게 들어온 걸까.

샨은 머리를 쓸어 올렸다. 아직 머리가 몽롱했다.

"지금 제가 아직도 꿈을 꾸고 있는 건가요, 현실인가요?"

"네 기준으로 비춰 말한다면…… 음…… 현실이겠지?"

거울을 봤다. 거울에는 눈이 조금 부은 미소년이 이쪽

을 바라보고 있었다.

샨이 되물었다.

"제가 꾼 건 현실인가요?"

"아니."

은발의 청년은 고개를 저었다.

"과거는 현실이 아니야. 그저 이미 지난 일의 파편이지. 너는 그저 춤추는 천칭의 힘으로 그 파편을 조금 맛봤을 뿐이야."

샨의 발치에는 카이가 아직도 자고 있었다.

엘은 이번에는 흰색 토가 대신에 학교 교복을 입고 있었다. 볼 때마다 느끼는 거지만 나이를 짐작하기 어려웠다. 전에는 교수님뻘 되는 나이라고 생각했지만, 교복을 입으니 영락없는 동급생이었다.

"카이는 누구죠? 춤추는 천칭이 뭐길래……."

"쉬잇."

그는 검지를 들어 입술을 가렸다.

"네가 진짜로 물어보고 싶은 건 그게 아닐 텐데? 꿈을 꿀 정도로 정말 간절히 말하고 싶은 질문이 있을 텐데?"

"……."

마치 샨의 꿈을 함께 꾼 것처럼 그는 모든 것을 알고 있다는 것처럼 말했다. 샨은 그에게 이끌리듯 입을 열었다.

"친구를, 친구를 찾고 싶어요."
"그 친구가 너를 위험이 빠뜨려도?"
"네."
"그 친구 때문에 평범한 학교생활 같은 건 평생 하지 못할 텐데도?"
"네."
그가 눈을 가늘게 떴다.
"그 친구 때문에 죽게 돼도?"
"그런 일은 없어요."

당연한 걸 왜 묻느냐는 투였다. 그런 샨을 보며 엘은 의미심장한 미소를 지었다. 우정이란 영원히 덧칠하는 수채화 같다. 더없이 아름답고 영원할 것 같아 보이지만, 계속해서 색을 겹쳐 가다 보면 결국 까만색밖에 남지 않는다.

엘은 자신의 긴 인생을 돌이켜 봤을 때 자신에게도 영원한 우정이 있긴 했던 것 같았다. 그러나 그런 우정을 만드는 건 낙타가 바늘구멍을 지나가는 것만큼이나 어려웠다. 그리고 그런 우정이 행복한 결말을 맞는 건 사막에서 바늘 찾는 것보다 더 어려웠고.

엘은 눈을 감더니 이윽고 입술을 뗐다.

"문이…… 있어. 소망하는 곳에 어디든지 데려다 줄 수 있는 문이 하나 있지."

"순간 이동 게이트 같은 건가요?"

"아니 달라. 그보다 더 오래된 거지. 너도 들어가 봤을 텐데?"

샨이 고개를 저었다.

그런 문이 있었다면 당연히 기억하리라. 아니 그 전에, 장거리 순간 이동은 상당히 고차원의 마법이었다. 대륙간 이동만으로도 마법사 열 명이 달려들어 꼬박 일주일을 마법진을 새겨야만 가능했다.

그가 말했다.

"이 학교에 학생들이라면 모두 지나간 문이 있어."

"그런 문이 있을 턱이……."

샨은 뭔가 떠올랐는지 그 뒤로 말을 잇지 못했다.

"설마 입학식 때…… 시험의 문?"

"맞아. 신입생에게 자신의 적성을 시험하는 문이라고 속고 있지만 달라. 그 문은 마음 깊숙한 곳의 소망을 이뤄주지. 티스와 율케스는 자신의 비밀을 지킬 수 있는 기숙사를 원했어. 그랬기에 물속 가장 깊은 곳에 들어갔지. 넬은 누구에게도 꺾이지 않을 긍지를 원했고, 크롬은 자신의 용이 가장 잘 적응할 곳을 원했지. 단테스는 학교에서 몰래 빠져나가기 좋은 곳을 원했어."

샨의 눈이 커졌다.

주문도 필요 없이, 마력도 필요 없이 소망을 이뤄주는 문이라니!

모두 희대의 고대 유적을 체험한 셈이었다. 그리고 아무도 눈치채지 못하고 있었다.

엘은 말을 이었다.

"진짜 마법이란 건, 그런 거야. 아무도 깨닫지 못하는 사이 소망을 이뤄주거든. 현대의 마법은 그저 등가교환일 뿐이지."

샨은 몸을 일으켰다. 그러다가 잠깐 좌절했다.

"강당문은 잠겨 있잖아요. 거기다 시험의 문은 신입생 입학식 때가 아니면 잠겨 있는 건데……"

"아아, 그렇군. 생각해 보니 그랬었군."

그는 턱을 문지르더니 눈을 감았다. 마치 꿈을 꾸는 사람처럼 조용한 방에 그의 숨소리만 울렸다. 이윽고 그가 눈꺼풀을 떴다.

"……지금 출발하면 된다."

"네?"

"천칭을 데리고 곧장 강당 문으로 가라. 이 방을 벗어나는 순간 누구에게도 말을 걸어서는 안 되고 뒤에서 누군가 부르는 거 같아도 대답해서는 안 돼. '나는 공기다. 그냥 꿈속에 있는 사람이다.'라고 생각해."

"대체 무슨 말씀을 하시는 거죠?"

그가 진지하게 말했다.

"친구를 찾고 싶은 거 아니었나?"

"……."

"그렇다면 그대로 해."

샨은 지푸라기라도 잡는 셈치고 트렁크를 열었다. 교복을 벗고는 움직이기 편한 활동복으로 갈아입었다. 마법 저항 마법이 걸린 망토를 입고 형이 선물한 석궁을 소매 아래에 감췄다. 마지막으로 묵직한 의료 가방에 지갑을 넣어 어깨에 메고는 카이를 깨웠다.

"으음, 마마…… 안 자?"

"쉿, 조용!"

샨은 카이를 껴안고는 문고리를 잡았다. 문을 열기 전에 마지막으로 엘을 돌아보았다. 은색 긴 머리카락이 바닷물에 반사됐다. 신처럼 고고했고 악마처럼 아름다웠다.

그가 입술을 뗐다.

"혹시라도 날 원망하지 마라."

"……고맙습니다."

그러고는 문을 열어젖혔다.

샨은 기숙사를 나와 앞으로 걸어갔다. 단테스와 마주

쳤지만 이상하게도 그는 샨에게 인사하지 않았다. 마치 공기처럼 스쳐 지나갔다.

이상했다. 그 후에 샨을 아는 사람 몇을 만나봤지만 누구도 샨을 아는 척하지 않았다. 사람이 죽어서 영혼이 되어 떠돈다면 이런 느낌이 아닐까 싶을 정도였다.

이윽고 샨은 강당 앞으로 걸어갔다. 원래라면 조회 때 외에는 몇 겹으로 잠겨 있는 곳이었다. 샨은 침을 꿀꺽 삼키고는 문을 밀었다.

끼이익-.

녹슨 경첩 소리가 울렸다.

열린다?

여기까지는 엘의 말대로 이루어졌다. 샨은 조금 망설이며 안으로 들어갔다.

강당 뒤쪽 두꺼운 커튼을 헤집고 들어가니 시험의 문이 보였다. 겉으로 보면 그저 낡은 나무 문일 뿐이었다.

이것도 고대 유적의 힘인 걸까?

문고리를 잡으니 조금 추워졌다.

샨은 붉은 입술을 떼고 간절히 속삭였다.

"제발 티스를 돌려주세요."

형이 그랬다. 친구는 내가 선택한 가족이라고, 그러기에 순간순간의 인연이 그토록 소중하고 중요한 거라고. 가족은 헤어져도 다시 보게 되지만 친구는 한 번 헤어지면 두 번 다시 볼 수 없다고, 그렇기에 소중하다고, 후회를 남겨서는 안 된다고 말했다.

샨은 그 말을 간절히 곱씹었다.

마침내 모든 소망을 담아 문고리를 돌렸다. 톱니가 철컥 맞물리는 소리가 울렸다. 문 안에 빛이 쏟아졌다. 샨은 안으로 들어갔다.

Chapter 4

함께 싸우자

1.

푸른 하늘 위로 까만 잿개비가 눈처럼 쏟아졌다. 티스는 회색 모래사막 위에서 가만히 앉아 있었다. 사막의 왕국이란 참 덧없다. 결코 마르지 않던 오아시스와 활기가 넘치던 바자르가 고작 몇 년, 사람이 없었기로서니 폐허로 변해 버리다니.

부서진 성벽은 자취를 감췄고, 그렇게 아름다웠던 왕실 정원은 모래 속에 파묻혔다.

마치 옛 전설의 유적처럼 모든 추억이 모래 아래로 사라졌다. 모래 위로 여신의 석상이 팔을 내밀었다. 모래 폭풍이 쓸고 가도 보수가 필요 없을 정도로 튼튼했다. 어린 날의 티스는 여신상의 팔 위에서 낮잠을 자곤 했었다.

'인질이 아니야. 널 내 배로 낳지는 않았다만 내 아들이야.'

이제는 돌아가신 왕비의 목소리가 귓가에 달라붙었다. 외딴 사막 왕국이었다. 뭐 볼 것 없는 도시 국가였지만, 오아시스가 마르지 않는 덕분에 중계무역으로 그럭저럭 먹고사는 그런 곳이었다.

왕궁의 국왕 내외는 마침 자식이 없었고, 이제는 돌아가신 어머니에게 은혜를 입은 적이 있다고 했었다. 흔한 첩도 없었고, 그렇다고 뭔가 다른 나라를 침략한 적도 없는 그저 조용한 곳이었다. 제국 밖으로 나왔음에도 황제는 이따금씩 티스에게 말도 안 되는 임무를 내렸다. 죽을 뻔한 적이야 정말 많았고, 몸 성히 돌아온 적은 거의 없었다. 그렇게 다녀오고 나면 국왕 내외는 언제나 따뜻하게 안아주곤 했었다. 제국을 상대로 지켜줄 힘이 없는 약한 소국이라 미안하다며 눈물지었다.

티스는 담뱃대를 입에 가져갔다.

"후우."

하얀 연기를 바라보던 티스의 붉은 눈동자가 서서히 빛을 잃어갔다.

'도망쳐라! 너만은 살아야 한다!'

근방에 거대한 도적 소굴이 있었다. 예전에는 겨울마다 토벌했던 집단이었는데, 어느 순간 세력이 부풀어 올랐다. 나중에는 용병을 고용해 토벌대를 따로 조직해야 할 정도였던 걸로 기억한다.

그리고 그들이 말했다.

'티메리스 황자를 내놔라.'라고.

일개 도적단의 요구를 들어줄 국가는 어디에도 없었다.

티스는 하늘을 바라보았다. 생각해 보면 자원 하나 없는 이런 사막지대에 갑자기 도적단 같은 게 성장할 리 없었다. 적어도 누군가가 뒷배를 봐주지 않으면 안 된다.

티스는 담배를 입에 물고는 한숨처럼 연기를 조금 내뱉었다.

세상은 잔혹하지만 따뜻했다. 왕궁이 불탄 건 순식간이었지만, 두 내외는 마지막까지 잡고 있던 손을 놓지 않았다. 그리고 적들이 밀려왔고, 그다음은…… 기억이 나지 않았다.

티스는 머리를 벅벅 긁었다.

아무리 생각해도 기억나지 않았다. 마치 누군가가 머릿속에 새카만 잉크를 부어 놓은 것 같았다. 이런 적이 몇 번 있었다.

정말 죽었다 싶은 생명의 위기 때마다 기억을 잃곤 했다.

그리고 눈을 뜨면 안전한 곳에 살아 있었다. 어째서인지 기억은 나지 않지만 죄책감이 들었다.

무언가를 저질렀다는 느낌.

두 사람의 손을 놓치고 나서 사람들 사이로 쓸려 나갔다. 그다음 왕궁 지하실에서 눈을 떴다.

그런 곳이 있었는지도 몰랐다. 손에는 누군지 모를 피가 묻어 있었다. 지하실 문을 삐걱하고 열었을 때, 입구에서 본 건 낯익은 이의 시체였다.

"후……."

붉은 눈동자 아래로 눈물이 떨어졌다.

티스는 몸을 일으켜 지하실이 있던 곳으로 걸어갔다. 두 분의 무덤이 근처에 있었지만 무정한 모래는 그것마저 쓸어 버렸다. 기억을 잃었던 동안 무슨 일이 있었는지 알 수 없었다.

다만 기억하는 것은 손에 들려 있던 검의 날 모양과 두 내외의 시체에 파인 상처 모양이 같았다는 것, 그리고 그것이 누군가 뒤에서 찌른 흔적이라는 것뿐.

시신을 보기도 전에 울었던 걸로 기억한다. 지하실 아래에서 왠지 모르겠지만 계속해서 울었다. 차라리 기억할 수 있다면…… 기억이 나기라도 한다면 조금은 후련해지련만.

황제가 내린 돈과 무너진 왕실의 유산을 챙겨 밖으로

나간 기억이 난다. 만약 그때 율케스가 없었다면 어떻게 되었을까.

티스는 술을 꺼내서 무덤이 있을 만한 곳에 부었다. 그러고는 낙타를 찾으러 돌아갔다.

그때 등 뒤에서 누군가의 인기척이 느껴졌다.

바스락.

뒤를 돌아보니 자그마한 그림자가 이쪽으로 다가오고 있었다. 티스는 채찍에 손을 가져가다가 그가 누군지 알아보고는 손을 뗐다. 그의 눈매가 부드럽게 휘어졌다.

"티에렌……."

티스는 양팔을 벌렸다. 그러나 그녀는 섬뜩한 얼굴로 그에게 걸어오고 있었다.

"많이 찾았어요."

지난번에 용케 도망쳤다고 생각했는데 지금 보니 한쪽 발을 절뚝이고 있었다. 그때 당한 상처였던 모양이었다. 티스는 그녀를 향해 미소 지었다.

"저런, 많이 아팠을 텐데……."

"제가 무섭지 않나요?"

"당신 같은 미녀에게라면 찔려도 좋아."

그녀의 소매 안쪽에서 새하얀 단검이 번뜩였다. 티스는 그녀를 향해 다가갔다.

함께 싸우자 215

"이번에는 실수하지 마."

"왜 도망치지 않는 건데요!"

그녀는 울먹이며 검을 집어 들었다. 티스는 그런 그녀의 눈물을 닦아주었다.

"티에렌…… 난 이제 어머니도 없고, 양부모도 없어. 친구도 버리고 왔고, 그 많던 재산들도 두고 왔어. 이제는 모든 게 귀찮아졌을 뿐이야."

증오의 굴레에서 살아간다는 게, 주변 사람의 피를 먹고 성장한다는 게.

차라리 율케스처럼 태생부터 인간이 아니었다면 마음이라도 편했을지도 모르겠다.

그의 섬세한 손가락이 그녀의 눈가를 스쳐 지나갔다.

"이젠 내게는 날 부수러 이 먼 곳까지 따라온 그대밖에 없어."

티에렌의 붉은 망토가 바람에 날아갔다. 망토만큼이나 빨간 그의 눈이 천천히 공허해져 가는 걸 봤다. 그녀는 울음을 삼키고는 칼을 집어 들었다. 티스는 천천히 눈을 감았다.

죽는 건 무섭지 않았다. 그동안 숱하게 건널 뻔했던 곳 아니었던가.

그는 조금 지쳤고, 미련은 없었다.

"날 찌르는 그대의 손이 다치지 말았으면 좋겠어."

화끈한 통증이 밀려왔다. 그녀의 검이 가슴에 박혀 들어왔다.

아무것도 남기지 않고, 아무것도 이루지 않은 채로.

율케스라면 이해해 줄지도 모른다. 그의 오랜 친우 아니던가.

문득 샨의 얼굴이 스쳐 지나갔다. 그에게 알리지 않고 떠난 건 잘한 일이었던 것 같았다. 아마 알았다면 목숨을 걸고 막았을 테니까. 어째선지 샨의 얼굴이 머릿속을 떠나지 않았다.

"역시 편지라도 좀 더 써줄 걸 그랬나?"

이러나저러나 결과는 같겠지만.

그때 비명이 들리더니 몸이 뒤로 밀렸다.

"제정신입니까!"

눈을 뜨니 검은 머리카락의 누군가가 자신을 붙잡고 있었다. 빛이 망막을 찔렀다. 빛에 익숙해져 감에 따라 티스의 표정이 바뀌었다.

"……샨?"

잘못 본 건가 싶어 눈을 두 번, 세 번 다시 떴다.

샨이었다. 대체 여기를 어떻게 알고, 대체 무슨 수로 온 건지 짐작도 되지 않았다.

다만 샨이 자신을 붙잡고 있었다. 그러고는 그녀를 빡 소리 나도록 후려쳤다.

"물러나요!"

그녀가 울먹였다.

"나, 난……."

샨은 냉정하게 그녀를 향해 말했다.

"비극의 주인공인 것처럼 가련하게 굴지 마요. 당신은 내 친구를 죽이려고 했던 거잖아, 왜 피해자인 것처럼 울고 있는데!"

샨은 한 손으로 티스의 상처를 꽉 눌렀다. 다행히 상처는 깊지 않았다. 조금만 늦었으면 어떻게 되었을지 정말 상상도 하고 싶지 않았다.

샨은 자신이 할 수 있는 최고의 욕을 지껄였다.

"꺼져! 이 나쁜 자식아! 한 번만 더 보면 당신 내가 막… 막…… 음…… 쓰러뜨리겠어!"

샨이 이런 성격이었던가, 안 하던 말을 억지로 하니 어색해 보이긴 하네.

티스는 그렇게 멍하니 생각했다. 그때 무언가가 턱을 후려쳤다.

빠악!

입안에서 피가 나왔다. 샨이 주먹을 들고 있었다.

아, 샨이 쳤구나.

티스는 소매로 입가를 닦았다. 그런데 소매가 축축했다. 이상해서 고개를 들었다.

샨이 울고 있었다. 그러고는 아주 공정하게도 샨 표 최고의 욕을 티스에게도 똑같이 퍼부었다.

"너도 꺼져! 이 나쁜 자식아! 차라리 죽어 버리지 그랬어, 나 도착하기 전에 얼른 죽어 버리지 그랬어!"

샨은 울었다. 계속해서 울음을 터뜨렸다.

티스는 손가락을 뻗어 샨의 눈물을 훑었다. 그녀의 눈물과 이 녀석의 눈물. 자신이 흘리는 것과 같은 성분으로 되어 있을 게 분명하지만 어딘가 달랐다.

티스는 손가락에 묻은 샨의 눈물을 핥았다.

"음, 달다."

"너 결국 미친 거야?"

샨의 진지한 질문에 티스가 웃음을 터뜨렸다.

달았다. 정말 달았다. 사람이 흘리는 눈물이 이렇게 달 수도 있을까 싶을 정도였다. 너무 달아서 심장이 녹아 버릴 것만 같았다.

"진짜 달아. 너도 먹어 볼래?"

샨은 그제야 자신이 울었다는 사실을 깨달았는지 얼굴이 시뻘게졌다. 티스는 뭔가 깨달았는지 미친 사람처럼 큭 큭 웃었다.

"달다. 씨발, 더럽게 달아."

"너…… 진짜로 미친 거 아니지?"

샨의 대답에 티스는 더욱 크게 웃었다. 미친 사람치고는 눈빛이 또렷했다.

안 돼. 그래도 방심할 순 없어.

샨은 미심쩍은 얼굴로 티스의 상처에 포션을 부었다. 머릿속으로는 정신착란을 일으키는 사막의 풍토병 몇 개를 떠올렸다.

만약 그런 거라면 방금처럼 일부러 죽으려고 했던 것도 풍토병으로 오는 착란 증상 때문이라면 개미 손톱의 때만큼 이해할 수 있을지도.

이윽고 샨은 몸을 일으켰다. 그러고는 그녀를 향해 차가운 얼굴로 말했다.

"안녕하세요, 우리 몇 번 봤죠?"

카이가 날아올랐다. 샨이 신호만 하면 금방이라도 그녀를 향해 불을 퍼부을 준비가 되어 있었다.

샨은 그동안 그녀에 대해서 꽤 고민했다.

착한 사람인지, 나쁜 사람인지. 아니면 그냥 불쌍한 사람인지.

그 고민도 친구를 두 번째로 찌르려고 한 순간 거짓말

처럼 날아가 버렸다. 그녀에게도 뭔가 사정이 있을 게 분명했다. 가족이 인질로 잡혀 있든, 누군가에게 막대한 빚을 지고 있든. 어쨌거나 티스를 배신해야 할 만큼 뭔가 사정이 있긴 할 거다.

"하지만요, 제 친구를 찌르는 걸 봐 드릴 수는 없거든요?"

머리가 하얘졌다.

뭐라고 말로 표현할 수 없는 분노가 치밀어 올랐다.

무슨 정신으로 그녀를 밀쳐냈는지 기억도 나지 않았다.

조금만 더 늦게 왔으면 어쩔 뻔했나 하는 생각만 머릿속에 가득했다.

그녀가 울먹였다.

"나, 나는……"

샨이 말했다.

"가세요. 떠나세요. 다시는 만나지 않게 어디든 가세요."

그녀가 몸을 일으켰다. 그러고는 샨을 향해 말했다.

"곧 도적 떼가 올 거예요."

샨이 대답했다.

"당신 때문이겠죠."

"……그래요."

그녀는 입술을 악물더니 멀어졌다. 샨은 그녀가 완전히

갈 때까지 지켜보다가 아예 보이지 않을 정도로 멀어지자 다리에 힘이 풀렸는지 그대로 주저앉았다.

누군가를 협박한 건 처음이었다.

그런 샨을 바라보며 티스는 한참을 웃었다.

뭐가 그리 재미있는 걸까.

샨은 티스를 향해 눈을 흘겼다.

"웃어? 재미있냐?"

"당연하지. 혼자 보는 게 아깝다."

샨은 티스를 향해 걸어가더니 우왁스럽게 상처를 눌렀다.

"아야야야!"

"너 진짜 머리가 어떻게 된 거 맞나 보다."

"하하하, 내 머리 어떻게 된 거 맞아. 꽤 오래전부터."

샨은 작게 한숨을 내쉬고는 티스의 상처를 소독했다. 그때 카이의 힘을 이용했던 건지 티스의 과거를 조금 엿봤었다. 그때 들었던 암호를 아직도 기억한다. 도적단이 온다고 했다. 낙타 하나로 둘이서 도망친들 이 사막에서 사람 잡는 게 생업인 상대로부터 장시간 도망칠 수 있을 것 같지는 않았다.

사막 지리는 그쪽이 모두 꿰고 있을 테니까.

"하아, 도적⋯⋯ 진짜 어떻게 하지?"

어쩌면 티스의 재능을 되살린다면 도망칠 수 있을지도 몰랐다. 그렇지만 그러고 싶지는 않았다. 그런 짓을 했다가는 이 손으로 지금의 티스를 죽이는 셈이니까.

그때 티스가 샨의 코를 꽉 눌렀다.

"아야!"

"애기, 또 이상한 생각 하고 있는 거지?"

"그 별명 오랜만에 들어 보네."

"도적 일은 너무 걱정하지 마. 닥치면 어떻게든 되지 않을까?"

"그게 그렇게 쉬울까?"

티스는 머리를 긁적이더니 몸을 일으켰다.

"뭐, 내가 나를 도우면 하늘도 나를 돕는다잖아. 그나저나 너 어떻게 여기까지 온 거냐?"

샨은 잠깐 망설였다. 분명히 엘은 '문'에 대해서 아무에게도 말하지 말라는 소리는 하지 않았다. 감춰야 하는 문제였으면 진작 그 말부터 건넸으리라.

무엇보다 이 상황에 대해 거짓말을 하고 싶지도 않았고.

샨은 결정했는지 입술을 뗐다.

2.

 이야기를 끝내고 샨은 티스의 눈치를 봤다. 티스는 한동안 말을 잃고 있었다. 이윽고 그가 꺼낸 첫마디는 딱 하나였다.
 "죽이는데!"
 "응?"
 "이야! 문 자체가 고대 유적이라는 거잖아. 그걸 전교생이 입학식 때 이용하면서 전혀 몰랐다니! 생각해 보면 저 문에 들어가서 빠져나오지 못한 선배들이 있다는 괴담도 어쩌면 그냥 괴담이 아닐 수도 있다는 거잖아?"
 샨이 고개를 끄덕였다.
 "아, 아무래도……?"
 "그런데 돌아가는 방법은 없어?"
 이쪽이 하고 싶은 말이었다.
 "보내만 주지 돌아오는 건 알아서 해야 하나 봐."
 "서비스가 엉망이구만, 고대 유적."
 치료를 마치고 마지막으로 붕대를 둘렀다. 최고급 포션을 사용했기도 하고, 워낙 봉합이 깔끔하다 보니 상처가 덧나는 일은 없어 보였다. 그러나 환자는 환자, 요양을 해야 했다.

샨이 물었다.

"도망칠 수 있을까?"

"설마 낙타 한 마리로 이 사막 한복판에서? 벗어나기도 전에 붙잡힐걸. 그쯤 되면 우리 체력도 동날 거고."

샨과 똑같은 해답이었다. 티스는 몸을 일으켰다.

"그나마 싸우는 걸 선택하는 쪽이 승산이 있어."

선택이라는 말에 샨의 몸이 움찔 떨렸다.

설마 티스의 예전 능력이 다시 발현되는 건 아닐까.

티스가 고개를 갸우뚱했다.

"왜?"

"아냐, 아냐, 정말 아무것도 아냐!"

샨은 고개를 도리도리 저었다. 그 모습이 어딘가 부자연스러워서 티스는 이마를 찌푸렸다.

워낙 엉뚱한 녀석이니 어디로 뛸지 누가 알까.

티스는 그 정도로만 생각했다.

샨이 되물었다.

"어떻게 할 건데."

"뭐 이렇게 해야지."

티스가 주문을 외우기 시작했다. 평상시에 외우던 시동어가 아니었다. 꽤나 기나긴 영창, 그걸 단 한 자도 틀리지 않고 외운 후에 그가 땅을 짚어 마법을 완성했다.

"스톰 윈드."

티스의 손에서부터 시작한 바람은 점점 커지며 회오리쳤다. 사람을 공격할 정도로 강한 바람은 아니었다. 그저 크고 큰 바람일 뿐이었다. 샨은 엉겁결에 얼굴을 가렸다. 바람은 점점 더 커지고 멀어지기 시작했다. 그리고 마침내 먼지로, 회색으로 변한 하늘이 다시 푸른색을 되찾았다.

"이제 눈 떠도 돼."

티스의 말에 샨은 천천히 눈을 떴다. 그러고는 너무 놀라 숨을 삼켰다.

도시가 있었다. 무너진 성곽과 다 타버린 집들밖에 없는 곳이었지만 그건 분명히 도시였다. 모래 속에 파묻힌 옛 도시가 모습을 드러낸 것이다.

티스가 머리를 붙잡고 휘청거렸다.

"아, 어지러워. 간만에 큰 마법을 썼더니 돌아가시겠군."

"우와!"

티스는 감탄하는 샨의 어깨에 팔을 둘렀다.

"나쁘지 않지? 내가 살던 곳이야."

그는 바닥에 손을 얹고는 타일의 단단함을 느꼈다. 샨이 되물었다.

"오늘은 여기서 묵는 거야?"

그 말에 티스가 샨의 이마에 손가락을 탁 튕겼다.

"애기야, 하루는 길어. 벌써 자려고 해? 여기는 이제 우리 요새라고."

샨은 얼얼한 이마를 문지르며 물었다.

"요새?"

티스는 소매에서 수정분필을 꺼내 들었다. 그러고는 벽에 룬 문자를 빠르게 적어나가기 시작했다.

함정 마법진. 들어오는 적을 분쇄하는 주문이었다.

"그래, 요새. 그때와는 달리 이제 우리는 학교에서 많은 걸 배웠잖아? 이런저런 것들 말이지."

그는 사악하게 웃으며 바닥에 룬 문자를 새기는 것을 멈추지 않았다.

배우기야 했지만, 함정 마법진에 대해 배운 적은 단 한 번도 없었다. 대부분 물건을 가볍게 한다거나 일상생활을 조금 편리하게 하는 정도뿐이었다.

티스는 대체 저런 걸 어디서 배워 오는 걸까.

샨도 분필을 집어 들었다.

"도와줄게."

"당연하지. 살려놨으니 책임져."

"으윽……."

샨은 신음을 뱉으며 마법진을 함께 만들었다. 물론 티스와는 달리 모조리 잡다한 마법들로만.

알고만 있다고 해서 내 것이 아니다. 지식은 사용해야만 비로소 살아난다.

학교 정문에 양각된 문구였다. 입구를 지나며 숱하게 많이 봐 왔지만 이토록 실감이 난 적은 없었다. 룬 문자라던가, 카이의 불꽃을 이용해 날림으로 만든 연금술까지. 하나같이 조잡했지만 효과는 나쁘지 않았다.

종일 허리가 휘어지게 마법진을 만들고 나니 도시는 마치 하나의 고대 유적처럼 되어 있었다. 부서진 여신상 위에 걸터앉아 티스는 담뱃대를 입에 물었다.

"장관이네."

그는 느릿느릿하게 연기를 내뿜었다. 샨은 가방에서 육포를 꺼내서 불가에 구웠다.

"지금쯤 다들 걱정하고 있지 않을까, 갑자기 없어졌는데."

티스가 어깨를 으쓱했다.

"일단 살아야 걱정을 받든가 하지."

단 두 사람만으로 도적단을 몰살시켜야 한다. 현실적으로 그게 과연 가능할까.

샨의 불안을 읽었는지 티스가 고개를 옆으로 까딱였다.

"나도 예전의 내가 아니니까, 너도 예전의 네가 아니잖아?"

그건 그랬다. 학교에 들어오기 전에 자신이었다면, 이런 일은 상상도 못했다. 카이를 이용해 불을 뿜는다든가, 아니면 이렇게 고난이도 마법 함정을 만든다든가 하는 짓은 불가능했다.

생각을 마친 티스가 몸을 일으켰다.

"마지막으로 하나만 더 하면 돼."

그가 향한 곳은 무너진 왕성의 옛터였다.

사막의 밤은 춥고 아름다웠다. 기온이 영하까지 떨어지는 곳이다 보니 모포를 겹겹이 감아도 따뜻해지지가 않았다. 카이가 불을 뿜어서 겨우 추위만 조금 면하는 정도였다.

샨이 물었다.

"놈들이 언제 올 거 같아?"

"아침쯤? 밤에 사막에서 달리는 건 미친 짓이니까."

"보통 도적단은 몇 명 정도 돼?"

"서른 명 정도, 규모가 큰 곳이면 쉰 명 정도 되려나. 평지 위라면 마적 떼만도 못한 놈들인데 사막 위에서 맞붙으면 일반 기사 두 명을 혼자 상대할 수 있을 정도야."

샨은 꺼져가는 불씨를 가만히 바라봤다. 얼굴에는 어쩐

지 두려움이라고는 찾아볼 수 없었다. 예전부터 그랬다. 인질로 잡혀갔을 때도 샨은 섬뜩하리만치 침착했다.

"너네 집안사람들은 다 그러냐?"

"음?"

샨이 눈을 들었다. 쿡 찍으면 꿀이 배어날 것 같은 얼굴인데 속은 영락없는 전사다.

티스가 붉은 눈을 들어 물었다.

"죽는 게 무섭지 않아?"

"무섭지. 하지만 무서워한다고 해결되는 건 아니잖아?"

아마 샨이 엄한 도적단들에게 전사했다는 소리를 듣는다면 아버지까지 몽땅 와서 사막의 도적이란 도적놈들은 전부 씨를 말려 버릴 거다.

그 장면을 생각하니 왠지 웃음이 터져 나왔다. 티스가 연기를 내뿜었다.

"침착하네."

"아아, 그런가? 보통 다들 이럴 땐 어떻게 해?"

남들이 보면 죽을 위기 수십 번은 넘은 사람인 줄 알겠다.

티스는 그렇게 생각하며 하늘을 바라보았다.

사막의 별은 아카데미에서 봤던 밤하늘과 다른 맛이 있었다. 마치 보석을 흩어 놓은 것처럼 은하수는 조용히 흘러갔다.

어릴 적, 사람들과 수없이 봤던 밤하늘을 지금은 단둘이 보고 있었다.

"일단 자자."

티스는 경계 마법을 발동시켰다.

샨은 모포를 돌돌 감아 도롱이벌레처럼 누웠다. 저런 미모를 하고 하는 짓은 영락없는 아저씨다.

"남자가 맞긴 맞구나."

"응? 뭐?"

"너 하는 짓이 사내답다고."

사내답다는 말에 샨은 기분이 좋은지 히죽 웃었다.

칭찬으로 들은 모양이었다.

티스는 혀를 차며 눈을 감았다. 조금이라도 더 오래 휴식을 취해야 했다.

3.

도적단이 도착한 건 이른 아침이었다.

티메리스 황자의 목에 걸린 상금은 어마어마했다. 높으신 분들은 새로운 무기들까지 지원해 줬을 정도였다. 태양이 떠오르고 어두웠던 사막은 푸른빛으로 물들었다. 지금이 가장 좋을 때였다. 공기가 달궈지기 전에 황자의 목을 따고 돌아갈 셈이었다. 척후병들 말에 따르면 황자는 원래 있던 자리에서 움직이지 않았다고 했다. 현명한 판단이었다. 이 사막에서 낙타 하나로 힘을 빼 봐야 곳곳에 매복된 도적단들에게 끝날 것이 당연했다. 그렇다고 그 자리에 있는다 한들 이 많은 수를 모두 물리치는 건 불가능했다.

"두목, 그런데 놈이 갖고 있는 검은색 새끼 용에도 현상금이 붙어 있던데요. 반드시 생포해오라고요."

"그래 봤자 새끼지. 설마하니 우리 머릿수로 그게 어렵겠냐?"

지금 인원은 서른 명도 오십 명도 아닌 백여 명에 가까웠으니까.

그런데…….

"두령! 이상합니다! 성이…… 성이 보입니다!"

"뭐? 신기루가 아니고?"

"와서 보십시오!"

두령은 낙타를 몰고 언덕 위에 올라갔다. 정말로 그곳에는 성이 있었다. 두령이 이마를 찌푸렸다.

"놀랄 것 없다. 예전부터 있던 성벽이다. 그동안 모래 언덕에 파묻혀 있을 뿐이지."

"오래된 성벽치고는 새로 지은 것 같은 데요?"

그 말에 두령이 다시 앞을 바라보았다. 그랬다. 갓 정비한 듯 높은 성벽이 성을 가로막고 있었다.

"서, 설마 하루 만에 이걸 지은 거냐! 그게 가능할 리가……!"

사막 성벽 너머로 두령의 절규가 울렸다.

샨은 속눈썹을 내리깔고 조용히 적들을 기다렸다.

단 두 명으로 도적단을 상대해야 했다. 그에 비해 두 사람이 갖고 있는 건 너무 적었다. 소드 마스터를 눈앞에 두고 있는 검성 율케스라든가, 이런 사막에서 최고의 효율을 낼 수 있는 정령사 단테스도 없었다.

두 사람이 잘하는 건 전략과 함정이었다.

마법사는 준비하는 자다.

마법사의 요새는 강철보다 단단하고 물보다 변화무쌍해야 했다.

샨은 카이를 꽉 끌어안았다. 샨에게 있어 카이는 일생일대의 행운이었다. 지금 이 순간에도 카이의 마력은 샨에게 힘이 되어 주고 있었으니까.

하루 동안 만든 두 사람의 요새가 얼마나 힘이 되어줄지는 미지수였다. 다만 먹히길 바랄 뿐이지.

함께 싸우자

적들은 성벽 앞에서 걸음을 멈췄다. 높다란 성벽이 눈앞에 있으니 당황할 만도 했다. 그러나 그 성벽은 환상.

진짜 성벽에 환영 마법을 덧붙인 것이었다. 그렇다고 해도 실제를 기반으로 만든 성벽이었다. 만져보지 않는 이상 어디가 진짜고 어디가 가짜인지 알 수 없었다.

샨은 카이를 안았던 팔을 풀었다.

"카이, 할 수 있겠어?"

"응, 마마. 마마를 위해서라면 얼마든지 할 수 있어."

카이는 날개를 펼쳤다. 양 날개 위에는 이미 만들어 둔 룬 문자가 빛났다.

샨이 드래곤 스톤에 집중하자 룬 문자가 빛났다. 그리고 카이는 적들을 향해 날아갔다.

"무슨 수를 썼는지 모르겠지만 그래 봤자 애송이 두 놈이다. 공격, 공겨억!"

도적들은 갈고리를 던져 성벽에 고정시켰다. 오르려고 체중을 담는 순간 갈고리는 맥없이 떨어졌다. 이상했다. 두령은 석궁을 들고 성벽을 향해 쐈다. 그런데 화살이 성벽을 파고들어 그대로 지나가는 게 아닌가.

"그러면 그렇지 환영 마법이다!"

"두령, 이쪽은 진짜 벽인데요?"

"에잇! 안으로 들어가!"

놈들은 성벽을 더듬어 안으로 들어갔다. 그때 거대한 용이 놈들의 머리 위에 솟아올랐다. 카이가 불꽃을 뿜었다.

쿠하아아앙!

"쏴라! 쏴!"

화살이 치솟아 올랐다. 그러나 거대한 용에게는 단 하나의 화살도 맞지 않았다. 카이는 계속해서 놈들을 향해 화염을 퍼부었다.

집채만 한 용이 갑자기 놈들 머리 위에 치솟아 불을 뿜자 당황하는 건 당연했다.

부하들이 퍽퍽 죽어 나가자 두령은 후퇴를 진지하게 생각했다. 그때 두령 뒤에서 푸른 용이 날아올랐다. 용은 카이를 향해 피막을 펼쳤다.

크롸아아아아!

에어 브레스!

수룡들만 사용하는 초고속 진동파가 솟아올랐다. 수룡 중에서도 소수만이 할 수 있는 걸로 알고 있었다. 사막에 수룡이라니. 거기다가 에어 브레스를 공기 중에 직접 사용한다는 이야기는 들어 본 적이 없었다.

그러나 효과 하나는 만점이었다. 환영 마법이 부서지며 초라한 성벽이 모습을 드러냈다. 거대해 보였던 카이는 원래의 조그마한 모습으로 변했다.

카이는 놈의 브레스를 간발에 피했는지 허덕이며 샨을 향해 급히 피했다.

푸른 용이 소리 질렀다.

『멍청한 인간들, 고작 그런 잔기술 하나에 겁을 집어먹는 거냐!』

두령이 말했다.

"오, 오셨습니까?"

『흥. 혹시나 하고 왔더니 역시나로군. 애송이는 애송이일 뿐, 그깟 잔기술에 신경 쓰지 마라!』

카이의 움직임이 이상했다. 자세히 보니 날개에 구멍이 뚫려 있었다.

적들이 일제히 카이를 향해 화살을 쐈다. 티스가 채찍을 휘둘러 카이를 감고는 빠르게 낚아챘다.

"샨! 두 번째 마법진!"

샨이 땅을 짚었다.

"샌드 마쉬!"

그러자 마법진이 빛을 뿜으며 모래 늪으로 변하기 시작했다. 적들이 발에 빠지며 허우적거렸다. 티스는 놈들을 향해 직격 마법을 날렸다.

"파이어 블레스트!"

화염의 소용돌이가 솟아났다. 그러나 푸른 용이 다시 진공파를 쐈다.

크와아아아앙!

소용돌이가 맥없이 부서졌다. 티스가 머리를 붙잡으며 짜증을 냈다.

"뭐야? 저 용은! 요즘은 도적단도 용을 부리냐?"

샨이 열심히 도망치며 소리 질렀다.

"니네 친척들이 빌려 줬나 보지!"

"아…… 진짜 돈도 많아요. 그 돈 나나 주지!"

함정들은 착실하게 적들을 붙잡아 끌어내렸지만, 생각 이상으로 적들은 많았다. 거기다가 가장 큰 문제는 처음 보는 거대한 푸른 용이었다.

주인도 없이 이렇게 혼자 행동하는 용에 대해 들어 본 적도 없거니와 초음파를 직접 내쏘아서 마력을 흩어 버릴 수 있다는 것도 처음 알았다.

샨은 새삼 크롬이 보고 싶었다.

크롬의 능력이라면 어쩌면 가능할지도 모르니까!

두 사람은 성 안쪽을 향해 열심히 달려갔다. 그 뒤로 적들이 구름처럼 달려오기 시작했다.

마법 트랩은 이 와중에도 적을 향해 폭발했다.

그러나 쫓아오는 속도는 조금도 늦춰지지 않았다.

"아아, 진짜 죽겠네. 요즘은 용을 용병으로 고용하냐?"

"니네 친척들한테 물어보라니까!"

"우리 화목한 친척들을 찾아서 뭐 하게? 칼부림할 일 있어?"

둘은 아슬아슬하게 성 안쪽으로 들어갔다. 그러고는 미리 준비해 둔 밧줄을 끊었다. 그러자 거대한 쇠문이 위에서 아래로 떨어졌다.

콰아앙!

원래 용도가 왕성 지하에 있는 보물 창고의 문이었다. 원체 단단한 문인데 거기에 두 사람이 직접 룬을 몇 겹으로 새겨서 강화 마법을 걸었다.

"잠시라면 버텨주겠지."

그 순간 푸른 용이 문짝을 향해 분노의 사커킥을 날렸다.

콰앙!

문이 움푹 휘어진다.

샨이 검에 손을 얹으며 말했다.

"얼마나 버틴다고?"

"……미리 말하지만 난 저런 용이 있는지도 몰랐다."

티스는 다시 결백을 주장했다. 샨은 그런 티스를 향해 한숨을 포옥 내쉬고는 알테리온 소드를 향해 손을 가져갔다. 그런데 뽑으려 시도하기가 무섭게 검은 샨에게 화상을 입혔다.

"미치겠네, 다음 계획 있어?"

"없어."

원래대로라면 여기까지 도착한 도적들은 열 명이 안 넘어야 했고, 그 얼마 안 남은 도적들을 두 사람이 무찌른다는 게 계획이었다.

뒤에 걸어 놓은 철문은 만에 하나 일이 뜻대로 돌아가지 않을 때 시간을 벌자는 게 취지였다만 이미 한참 계획이 틀어졌다.

"죽겠네."

티스는 머리를 벅벅 긁었다.

결국 남는 건 결사 항전이다. 밀폐된 공간에서 채찍의 위력은 더욱 강해진다. 이곳에서 도적들이야 그럭저럭 잡을 수 있을지도 몰랐다. 그런데 푸른 용이라니?

이건 예상하지도 못했다.

카이가 샨의 어깨 위에서 파닥였다.

"마마, 어떻게 해?"

샨도 어이없는지 그냥 웃었다.

이 정도면 정말 할 만큼 다 했다. 두 사람이 하루 만에 놈들을 여기까지 몰아붙였다. 최상의 결과물이라고 할 수 있었다. 그러나 그렇다고 여한이 없으니 죽어 주겠다는 말은 더더욱 아니었다.

콰앙!

철문이 금방이라도 뜯어질 것만 같았다.

티스가 미소 지었다.

"도망쳐라. 뒤쪽에 빠져나가는 통로가 있다. 놈들의 목적은 나야. 네가 도망칠 수 있을 정도의 시간은 벌 수 있을 거야."

"싫어."

콰아앙!

철문이 비명을 질렀다. 이제 수명이 얼마 남지 않았다.

티스가 소리쳤다.

"왜 나 때문에 목숨을 버리려는 거야. 네 목숨이 그렇게 우스워? 어쭙잖은 친구 따라 같이 죽으러 갈 만큼? 난 어차피 살기를 포기했어! 죽고 싶은 사람은 죽고 살고 싶은 사람은 살아야지!"

샨이 고개를 저었다.

"안 우스워, 소중해. 엄마가 어떻게 낳아준 목숨인데, 아빠랑 형들이 어떻게 살린 목숨인데! 왜 안 소중하겠어!"

"그럼 도망쳐!"

샨은 이를 악물었다.

"널 두고 갈 수는 없어……."

"병신, 바보, 멍청이, 이 쪼다야."

"안 가. 못 가! 이런 데서 버리고 갈 거였으면 처음부터 여기까지 오지 않았어!"

쿠우우우웅!

문짝이 드디어 날아갔다.

샨의 망막에 마치 슬로우 모션처럼 문이 날아오는 게 보였다. 그 철문 사이로 도적들이 쏟아졌고, 그 위에 원수 같은 푸른 용이 날개를 접으며 입을 벌렸다.

그리고 놈의 피막이 힘껏 부풀어 올랐다. 공기가 급속하게 입속으로 빨려 들어갔다.

에어 브레스가 다시 날아온다.

같은 편도 함께 날려 버릴 심산이었다. 도적들이 비명을 질렀다. 샨은 눈을 감았다.

시간은 한없이 느리게 느껴졌다.

공기가 멈추는 순간, 브레스가 날아왔다.

크와아아앙!

동시에 카이의 눈동자가 금빛으로 빛났다. 드래곤 스톤이 폭발할 것처럼 빛이 터져 나왔다. 그리고 카이가 입을 벌렸다.

"카하아아앙!"

놀랍게도 에어 브레스, 푸른 용이 썼던 것과 똑같은 브레스가 터져 나왔다. 그리고 브레스는 동시에 부딪쳤다.

압축된 초고주파가 동시에 부딪치자 아이러니하게도 브레스는 그대로 흩어졌다. 화룡 플라멜이 사용했던 화염 브레스와 부딪칠 때와는 정반대였다.

푸른 용이 눈을 크게 떴다.

『네, 네놈…… 설마 나와 같은 수룡이었나!』

그럴 리가 없었다.

샨이 되물었다.

"어떻게 한 거야?"

카이가 고개를 저었다.

"나도 몰라. 그냥 하니까 돼."

분노한 푸른 용이 다시 브레스를 날렸다. 카이가 입을 벌렸다. 그러나 카이도 지쳤는지 이번에는 아까와 같은 화력이 나오질 못했다.

"크아앙!"

아까의 공격을 상쇄할 수 있었던 건 어디까지나 같은 힘이었기 때문이다. 그러나 이번에는 화력이 너무 약했다.

대부분 소멸시키지 못하고 샨을 향해 직격으로 날아왔다. 샨은 엉겁결에 검을 뽑아들었다. 만약 드래곤 슬레이어라면, 모든 이능을 베는 드래곤 슬레이어 알테리온 소드라면!

검기조차 담겨 있지 않은 검이 브레스를 갈랐다.

"크읏!"

샨의 몸이 주르륵 밀려났다. 알테리온 소드가 뿜는 열기가 살갗을 파고들었다. 손바닥 가죽이 벗겨져 나간다 해도 검을 놓을 수 없었다. 검을 놓치는 순간 기다리는 건 죽음뿐일 테니까.

이윽고 영원 같던 브레스가 그쳤다.

『드래곤 슬레이어? 어떻게 그걸 네놈이 갖고 있는 거냐!』

검을 알아보는 걸 보니 제법 나이가 있는 용인 모양이었다. 드래곤 슬레이어는 그냥 용의 뼈로 만든 검이 아니었다.

용신의 검, 현재 용들의 조상이라고 할 수 있는 용신을 잡아 그 뼈로 드워프가 제련하고 엘프가 주문을 걸어 만든 검이어야 했다. 용신의 용언은 신과 같고 그들의 브레스는 산을 무너뜨릴 수 있을 정도라고 했다. 그 수명은 만 년이 넘는다고 했다.

알테리온 소드는 옛 선조가 용신을 잡아 만든 검이었다.

용신의 뼈는 모든 이능을 벤다.

마법의 기원은 환상, 즉 드래곤 슬레이어란 모든 환상

을 부술 수 있는 거절의 파편.

마법 생물인 용들에게는 최악의 천적이었다. 그러나 인간계에 드래곤 슬레이어는 몇 남지 않았다.

세상의 진리에 가장 근접하다는 용신이 아닌 이상 아무리 오래 사는 용이라고 해도 드래곤 슬레이어를 볼 수 있는 기회는 얼마 없었다.

샨은 고통을 참으며 검을 집어넣었다.

푸른 용의 공격이 멈췄다.

샨이 드래곤 슬레이어의 소유자인 걸 안 이상 신중해질 수밖에 없었다. 그러나 도적들은 달랐다. 푸른 용이 물러나는 순간 소리 질렀다.

"석궁을 장전해! 아무리 놈이라도 날아오는 화살을 막을 수는 없겠지!"

티스가 채찍을 휘둘렀다.

"쏴 보시지! 가장 먼저 장전하는 놈부터 죽여줄 테니까."

그러나 반쯤은 허풍이었다. 채찍으로 만드는 검기막은 한계가 있다. 암살자 몇이 집어던지는 암기를 튕겨내는 건 몰라도 이런 엄청난 숫자의 도적이 일제히 볼트를 날린다면 전부 막아내는 건 불가능했다.

문득 티스의 귓가에 목소리가 들렸다.

'선택…… 하게 해줄까?'

티스의 눈동자에 초점이 없어지기 시작했다. 샨이 티스의 팔을 붙잡았다.

"티스!"

티스의 눈이 원래대로 돌아왔다.

"음? 왜?"

샨이 대답했다.

"너 방금 카이를 내던지려고 했어."

티스가 아래를 내려다보았다. 채찍에는 카이가 감겨 있었다. 눈을 감았다 뜬 것처럼 찰나가 지난 간 것 같았다. 그러나 그게 아니었던 모양이었다.

티스가 고개를 저었다.

"내가 왜 그랬지?"

샨은 대답 대신 화제를 돌렸다.

"카이가 많이 지쳤어. 더 이상 불을 쓰는 건 무리야."

"후우, 사면초가군."

푸른 용이 소리 질렀다.

『인간들아, 공격해라!』

사람에게 명령하는 용에 대한 이야기는 들어 본 적 없었다. 그러나 도적들은 용의 포효에 용기를 얻었는지 일제히 볼트를 쏘았다. 티스의 채찍이 부풀어 올랐다. 그러나 소드 마스터가 아닌 이상 완전한 방어는 불가능했다.

탕!

볼트 하나가 티스의 어깨에 박혔다. 티스는 어깨에 묻은 피를 손가락에 찍어내고는 허공에 룬 문자를 새겼다.

"플레임 샤워!"

마법은 마력을 매개로 하는 것. 그중에 피를 매개로 하는 마법은 언제나 강력하고 파괴적이었다. 마력뿐만 아니라 사용자의 생명력까지 갉아먹기 때문이다.

화염의 비가 놈들을 향해 쏟아졌다. 그러나 푸른 용이 다시 브레스를 날렸다.

크와아아앙!

초고주파 브레스가 마력을 흩어 마법을 없앴다.

그 틈에 놈들은 일제히 달려들었다.

'도와줄까?'

목소리는 계속해서 들렸다. 티스는 채찍을 크게 휘둘렀다. 밀폐된 공간에서 다수를 상대하기에는 이것만 한 게 없었다. 하지만 그 수가 너무 많았다.

차라리 샨이라도 도망치게 했다면 마음이라도 가벼우련만!

티스는 이를 악물었다.

"샨, 마지막으로 말할게. 도망쳐."

샨은 카이를 안은 채로 고개를 저었다.

"싫어."

"고집부리지 마."

"내가 가면 넌 죽으려고 할 거잖아."

"어찌 됐든 결과는 같아!"

샨은 몸을 일으켰다. 창백하게 질린 얼굴에 새카만 눈동자만이 또렷했다.

"아니, 달라."

샨은 이를 악물었다. 엘이 물었었다.

'그 친구 때문에 죽게 돼도?'

이제 그 말에 의미를 충분히 깨달았다. 그가 또 이렇게 말했었다.

'혹시라도 날 원망하지는 마라.'

샨은 고개를 저었다. 원망 같은 건 할 리 없었다. 이건 샨 자신이 한 선택이니까. 만약 여기서 티스를 두고 간다면 티스가 무슨 짓을 할지 샨은 잘 알고 있었다. 친구라면, 적어도 베스트 프렌드라면 그를 두고 가서는 안 된다.

샨은 검을 들었다.

이렇게 된 이상 어떻게든 해보는 수밖에!

티스가 채찍을 휘둘렀다. 샨의 인생에서 맹세코 그렇게 빠르고 잔혹한 공격을 본 적이 없었다. 그러나 그렇기에 더욱더 꺼지기 직전의 불꽃처럼 보였다. 용은 틈틈이 그의 마법을 봉쇄했고, 검기를 무한정 뽑아내는 건 불가능했다.

티스의 뺨에 땀이 뚝 흘러내렸다.

동시에 그의 눈앞에 새하얀 검이 파고드는 게 보였다. 막고 싶었지만, 막을 수 없었다. 또 다른 칼이 샨을 향해 덤벼들었기에.

자신의 목숨만 바란다면, 샨을 포기하면 됐다. 그러나 그런 짓은 할 수가 없었다.

'도와줄까?'

목소리가 들렸다. 마치 어두운 밤, 거울 속에 환영이 말을 거는 것 같은 음습한 느낌. 눈을 돌리고 싶지만 결코 돌릴 수 없는 환영의 메아리.

티스는 흩어져가는 정신을 되찾았다.

위기가 올 때마다 목소리는 그의 등 뒤에서 속삭였다.

'나라면 골라줄 수 있어. 너는 고르지 못할 선택을 내가 대신해 줄 수 있어.'

그리고 새하얀 검이 날아왔다.

티스는 검 면을 향해 다른 손으로 냅다 후려쳤다.

까앙!

손에서 피가 났다. 고통이 화끈하게 밀려왔다.

"후, 정신이 번쩍 드네."

더 이상 목소리는 들리지 않는다. 그렇다고 일이 잘 풀리고 있다는 건 결코 아니었다. 그러나 티스는 웃었다. 만약 이게 인생의 종말이라면 적어도 온전한 정신에서 맞이하고 싶었다.

"샨, 적어도 저승길은 외롭지 않게 해주마."

샨은 이를 악물었다. 죽지 않는다고 말하고 싶었다. 다 잘 될 거라고 이야기하고 싶었다. 그러나 할 수 있을까.

칼날이 바로 눈앞에 날아왔다. 샨은 머리를 뒤로 젖혔다. 검날의 새하얀 부분에 얼굴이 비친다. 샨은 바닥에 손을 짚고는 놈을 향해 오버헤드킥을 날렸다. 알테리온 가문 사람이라면 누구나 익히고 있는 맨손 격투였다.

거대한 덩치가 샨의 반격에 맥없이 뒤로 밀려 나갔다. 그러나 어디까지나 몸을 지키는 것뿐, 적에게 치명상이 되지 못한다.

샨은 검을 홀더에 도로 꽂았다. 알테리온 소드가 그의 말을 듣지 않는 이상 차라리 검보다 맨손이 낫다. 샨은 심호흡을 했다. 마법은 쓸 수 있어도 마나를 손에 구체화시키는 건 어렵다.

"차라리 본가에 미리 갔으면……."

어쩌면 자신만의 무술을 배울 수 있을지도 몰랐다. 그러나 후회를 하기에는 늦었다.

적들은 한 명씩 밀려오는 게 아니기에.

샨은 적들을 하나씩 막아내며 입을 열었다.

"잘 될 거야. 포기하지 마!"

"지금 상황이 시간 벌기보다 나은 게 어디에 있는데!"

누군가 샨을 향해 도끼를 날렸다. 정확한 투척이었다. 샨은 미처 도끼를 보지 못한 채였다. 샨이 뒤를 돌아봤을 때 시야에는 새카만 도끼날이 가득 채웠다. 샨이 눈을 감았다.

퍼걱!

그리고 피가 튀었다.

고통은 느껴지지 않았다. 화끈한 감각에 샨은 천천히 눈을 떴다. 티스의 왼쪽 팔이 땅에 떨어졌다.

"……그렇게 원하면 싸워."

티스가 헐떡이며 몸을 일으켰다. 왼쪽 팔에는 피가 줄줄 배 나고 있었다. 급히 마력을 운용해 피를 멈춰보았다. 그러나 쉽지 않았다. 티스의 몸이 뒤로 휘청거렸다. 샨은 티스를 부축했다. 티스가 말했다.

"그러면 싸워. 네가 살아 있다는 긍지를 보여 봐."

티스의 채찍이 마치 살아 있는 것처럼 적을 힘껏 밀쳤다. 그러나 화살이 다시 티스의 가슴에 박혔다. 그의 몸이 활처럼 꺾였다.

생의 마지막, 붉은색 눈에 아스라한 빛이 머물렀다.
"생명은 영혼이 아니야. 긍지지."
샨은 눈에 눈물이 맺혔다. 티스는 피묻은 손으로 샨의 눈가를 훑었다.
"그러니 싸워. 네…… 소망을 이룰 수 있도록."
그의 눈동자에서 빛이 사라지기 시작했다. 샨이 비명을 질렀다.
누구든 좋았다. 누구라도 좋았다. 부디 그를 살려줄 수 있기를 바랄 뿐이었다.
티스의 몸이 흘러내렸다. 그의 얼굴이 바닥에 닿자 폭풍 같던 채찍이 멈췄다. 도적들은 이제 샨밖에 남지 않았음을 깨달았다. 한 놈이 티스의 몸을 붙잡아 올렸다.
"징그러운 자식, 이놈의 목을 베어라!"
두령의 말에 샨이 몸을 일으켰다.
"그만해."
"뭐야! 애송이, 끝까지 저항할 셈이냐?"
샨은 알테리온 소드를 쥐었다. 타는 듯이 뜨거웠다.
"내려놔."
"……용 없이는 아무것도 하지 못하는 새끼가…… 죽여버려!"
놈들의 부하가 샨을 향해 달려왔다.

샨은 이를 악물었다. 그동안 그토록 생각하고 싶지 않았던 죽음의 풍경이 눈앞에 펼쳐져 있었다. 하지만 왜 깨닫지 못했을까. 지금 보고 있는 이 풍경은 그의 형들이, 아버지가, 그의 친구들이 숱하게 봐온 풍경이었다.

세상은 잔혹했다. 살아남을 수 있는 건 오로지 강자뿐이었다.

'싸워, 싸워 나가. 네가 살아 있다는 긍지를……!'

놈이 티스의 목을 베려는 순간, 샨은 검을 뽑았다.

생명은 영혼이 아니었다. 이 가슴 속에 있는 긍지, 살아왔고, 앞으로도 살아갈 것이기에 가질 수 있는 긍지.

강한 자만이 살아남는 게 이 세상이라면 싸워야 했다.

싸우지 않으면…… 이길 수 없으니까.

"으아아앗!"

샨의 발아래가 쿵 하고 파였다.

—알테리온 제4검 발도(拔刀), 진각.

검기를 익히지 않으면 사용할 수 없는 검술. 수천 번, 수만 번 머릿속으로 끊임없이 그려 왔던 움직임.

샨은 달렸다. 생이란 긍지였다.

살기 위해 달려들었다. 친우를 위해, 자신을 위해.

놈들이 샨을 향해 검을 내리쳤다. 그리고 샨은 검을 뽑았다.

어깨에 화끈한 감촉이 밀려왔다. 그러나 멈추지 않았다. 샨은 티스의 목을 베려는 놈을 향해 검을 찔러 넣었다.

급소를 찌른 건 아니었다. 그러나 사람 하나를 기절시키기에는 충분한 깊이였다. 감촉이 손끝에서 밀려왔다.

"이 애새끼가아악!"

두목이 쓰러지며 샨을 집어던졌다. 방어에는 신경 쓰지 못했다. 샨의 몸이 부웅 날아갔다. 늑골이 움푹 파였다. 그리고 샨은 마침내 죽음을 직감했다.

몇 바퀴를 굴렀는지 몰랐다.

온몸이 비명을 질렀다. 머리가 어지러웠다. 관절이 삐걱댔다. 아프지 않은 곳이 없었다. 나쁘지 않은 싸움이었다.

이 정도면 정말로 나쁘지 않은 싸움이었다. 부하들이 샨을 향해 달려들었다.

샨은 숨을 내쉬었다.

나쁘지 않아.

이대로 함께 가는 것도 나쁘지 않으리라.

눈을 감았다. 이 시간이 빨리 지나갔으면 좋겠다고 생각했다. 그리고 샨의 눈에서 눈망울이 떨어졌다.

'싸워! 싸워!'

티스의 목소리가 머릿속에 울렸다.

닷 푼의 긍지를 위해서.

생의 마지막 순간까지도.

샨은 후들거리는 다리로 몸을 일으켰다. 검은 이제 없었다. 석궁도 이미 다 쓰고 망가진 지 오래였다. 그러나 샨은 왼발을 앞으로, 양 주먹을 눈앞에 놓았다.

"미안, 못 따라가겠다."

싸우는 걸 포기할 수 없었다.

"티스, 네 긍지가 자꾸만 시끄럽게 굴어."

싸워. 네 긍지를 위해.

근육은 느슨하게, 주먹은 단단하게.

승산 같은 건 머릿속에서 지웠다. 적들이 달려오는 순간, 샨은 팔을 내뻗었다. 적들의 검이 샨의 팔을 썰기 직전, 엄청난 폭발음이 귀청을 때렸다.

콰아아앙!

문이…… 보였다. 학교에서 이곳으로 올 수 있게 한 그 문이 허공에 나타났다. 활짝 열린 문을 통해 들어온 화룡 플라멜이 하늘 높이 날아올랐다.

놀라운 상황에 모두 정신을 놓을 정도였다. 문밖으로 율케스가 걸어 나왔다.

"여어."

그의 무뚝뚝한 인사에 샨이 대답조차 하지 못했다. 그 뒤로 크롬이 장갑을 끼고 들어왔다.

함께 싸우자

"비렁뱅이 새끼, 사람 신경 거슬리는 짓은 다 해요."

"크롬…… 율케스, 너희가 왜 여기에…… 문에 대해서는 어떻게 알고……?"

율케스가 대답했다.

"갑자기 없어졌기에 한참을 찾았다. 중간에 엘이라는 이상한 사내를 만났지."

크롬이 대답했다.

"아무리 그래도 여기서 죽네사네할 줄 누가 알았냐."

크롬은 손가락을 탁, 탁 튕겼다. 보라색 화염이 피어올랐다. 크롬이 화염을 폭발시키는 것과 동시에 율케스가 두목을 향해 달려가면서 바닥에 떨어져 있던 알테리온 소드를 집어 들었다. 집어 들기가 무섭게 검은 율케스의 팔을 태웠다.

그 모습을 보고 샨이 걱정스러운 신음을 지르자 율케스는 입을 열었다.

"괜찮아. 통증을 느끼지 못하니까."

말이 끝나기도 전에 그는 두목을 단칼에 베어 버리고는 티스를 구출했다. 그러고는 눈앞에 있는 거대한 푸른 용을 향해 검을 힘껏 던졌다.

용은 다시 브레스를 내쏘았다.

크와아아앙!

그러나 드래곤 슬레이어는 놈의 브레스를 가르며 정확하게 정수리를 향해 창살처럼 날아갔다. 용은 몸을 비틀어 검을 피했다.

용은 생각했다. 샨이 무슨 수를 썼는지 모르겠지만 동료가 생겼다. 거기다가 드래곤 슬레이어, 알테리온 소드를 제대로 사용했다. 그들의 정체를 모르는 이상, 상황은 무척이나 위험했다.

『퇴각, 퇴각한다!』

퇴각 명령이 떨어지기가 무섭게 도적단들이 앞을 다투어 도망쳤다.

둘은 도망친 놈들을 쫓지는 않았다. 그 대신 쓰러진 티스를 부축해 안았다. 샨이 티스에게 달려갔다. 그리고 심장에 귀를 가져다 댔다.

제발…… 제발 살아 있기를.

심장 소리가 메아리처럼 울린다. 샨이 눈물을 터뜨렸다.

"가방, 가방!"

율케스가 샨의 가방을 건네주었다. 도적들에게 잔뜩 밟혔는지 내용물이 엉망이었다. 팔이 베인 지 얼마 안 된데다가 절단면도 깔끔했다. 어쩌면, 지금이라면 팔을 살릴 수 있을지도 몰랐다.

샨은 티스의 다른 팔을 집어 들었다. 그러고는 응급 수

술 도구를 내려놓고는 마지막으로 포션을 찾았다. 포션이 잡히지 않는다. 샨이 당황했다.

"어쩌지……?"

언제 또다시 공격을 당할지 모르는 티스였다. 팔이 없다는 건 치명적이었다. 율케스가 손목을 깨물었다. 뱀파이어의 피가 손목을 따라 흘러내렸다.

"이걸 써라."

"뱀파이어 피?"

"반쪽자리 뱀파이어이니 얼마나 효력이 있을지는 모르겠지만 없는 것보다는 나을 거다."

샨은 속는 셈치고 율케스의 피를 받았다. 율케스가 한 마디 덧붙였다.

"단, 절대로 입안에 흘려 넣어서는 안 돼."

"왜?"

"비밀이다."

그는 그렇게 말하고는 피를 내주었다.

4.

마이어하트 가문의 기사단이 용을 날려 보낸 지도 이틀,

네 사람 모두 구출해내는 데 성공했다.

율케스는 도착하기가 무섭게 보충수업을 받으러 다시 학교로 달려갔고 샨과 티스는 그대로 침대 신세를 져야 했다.

생각해 보면 티스의 봉합 수술도 정말 용케 했었다. 크롬이 가져온 최고급 포션을 여섯 병이나 사용했는데, 치료사가 와서는 티스의 몸을 보더니 더 이상 손댈 곳이 없다고 할 정도였다. 그러나 치료하는 데 마지막 기력을 다 짜냈는지 샨은 침대에서 일어나지를 못했다.

샨이 다시 눈을 뜬 건, 그로부터 꼬박 3일이 지난 후였다.

탁, 타닥.

무언가 가볍게 부딪치는 소리가 귓가를 울렸다. 눈꺼풀이 무거웠다. 기사단이 오자 정신을 놓았던 것까지는 기억이 났다.

그다음 어떻게 되었더라.

샨은 지끈거리는 머리를 꾹꾹 눌렀다.

타닥, 탁.

새가 나무를 콕콕 쪼는 것 같은 소리가 여전히 울렸다. 샨은 머리를 부여잡고 한참이나 고생하더니 힘겹게 눈꺼풀을 떴다.

"으음……"
"일어났나?"

침대 맞은편에는 마호가니 나무로 만든 최고급 책상이 보였다. 그 위로 한 청년이 깃펜을 움직이고 있었다.

샨이 멍한 눈으로 그를 바라보자 크롬이 물었다.

"내가 누군지 알아보나?"

샨이 대답했다.

"명품 귀신."

"농담할 정신이 있는 걸 보니 멀쩡한 모양이군."

"여기는……?"

"내 침실이다. 이렇게 가끔 집무실로도 사용하지."

그리고 보니 침대가 어찌 운동장만큼이나 넓었다. 크롬의 킹사이즈 기숙사 침대 두 개를 합쳐 놓은 것보다 거대했고 호화로웠다. 샨이 몸을 일으켰다.

"얼마나 기절해 있었던 거야?"

"3일 정도."

그는 깃펜에 잉크를 탁 적시더니 이윽고 다시 문서를 써 내려갔다. 샨이 물었다.

"그런 건 아랫사람들이 하지 않아?"

"보통은, 그런데 아버지한테 올릴 것들은 따로 내 손으로 해야 해."

그는 서류에서 눈을 떼지 않으며 손끝으로 주판알을 튕겼다.

타닥, 탁.

아까부터 귓가에 울렸던 소리가 이 소리였던 모양이었다.

뭐랄까, 세금은커녕 마을 사람들에게 옷을 받아서 입는 알테리온가와는 천지 차이었다.

"이런 건 다 아랫사람들이 관리하는 줄 알았어."

타닥.

주판알이 다시 움직였다. 크롬이 말했다.

"주인이 게으르면 관리는 부패하게 돼. 그렇게 되면 농업은 죽고 상업은 변질되지. 아버지께서는 이 일을 매일 해왔어. 이번에는 내가 하는 거고…… 음, 동부 지방은 조세가 적은데? 수확량은 더 늘었을 텐데."

그는 서류를 정리해 다른 테이블에 가져다 두었다. 이윽고 시종이 나타나 그의 서류를 들고 밖으로 나갔다.

"마이어하트가는 화려한 이미지라서 이런 부분은 생각도 못했어."

"몇 세기를 넘게 영화를 누려온 가문이다. 이렇게 오랫동안 살아남을 수 있었던 건, 민심이 우리 편이기 때문이지."

그래서 스트레스를 오로지 명품으로 쏟아 버리는 걸까.

샨은 피식 웃었다. 목이 말라서 침대 밖으로 나오려다가 그만 바닥에 털썩 엎어졌다.

"어라?"

움직이려고 해도 다리에 힘이 들어가지를 않았다. 마비가 된 건 아니었다. 발가락 사이로 푹신한 카펫의 감촉이 느껴졌으니까. 다만 실이 끊긴 인형처럼 움직이지 않는 것뿐이었다.

크롬이 말했다.

"카이에게서 마나를 너무 끌어 썼어. 수명이 안 깎인 것만으로도 기적이다. 더 자."

"카이! 맞다, 카이는?"

"3일 만에 그 녀석 탈피를 두 번이나 했다. 지금도 탈피 중이야."

"그, 그게 가능해?"

"용으로 벌어 먹고사는 우리 가문도 용의 생태에 대해서는 모르는 부분이 많아. 그 싸움으로 카이에게 뭔가 변화가 생긴 모양이야."

그 말에 샨이 걱정스러운 목소리로 몸을 바동거렸다.

"빠, 빨리 가지 않으면……."

"니 몸이나 챙겨."

"안 돼. 주인이 없는데 얼마나 불안하겠어?"

또 고집이다.

크롬은 서류를 내려놓고 침대로 갔다. 그러고는 다시 샨을 들어서 짐짝처럼 냅다 침대에 집어던졌다.

"크롬!"

"걔 너 없어도 안 죽는다. 넌 일단 자! 그런 몸으로 어떻게 가려고?"

억지로 이불을 덮어주니 다시 졸음이 쏟아지는지 샨의 눈이 감겼다.

"하지만…… 난……."

"넌 할 만큼 했어."

"……맞다 ……티스는?"

"네가 걸을 수 있게 되면 이야기해 줄게."

"……."

결국 몰려드는 수마를 견디지 못하고 샨은 까무룩 잠이 들었다. 크롬은 잠이 든 샨의 옆얼굴을 가만히 들여다보더니 혀를 찼다.

"내 참, 얼굴값 못한다는 말이 딱 맞군."

'문'을 열고 전장에 들어왔을 때, 크롬은 자신이 본 광경을 믿지 못했다. 자기 몸의 두 배는 될 법한 거구들이 샨을 향해 도끼를 내리쳤고, 샨은 그들을 향해 돌진했다.

함께 싸우자 263

공격을 당해서 몇 바퀴는 바닥을 구른 몸으로 마지막에 마지막까지 포기하지 않았다.

신전 벽화에나 나오는 천사 같은 얼굴로 그런 독한 표정을 지을 수 있다는 사실이 믿어지지가 않았다. 더 신기했던 건 본인이 중상을 입었음에도 마지막까지 친구의 응급수술을 포기하지 않았다는 것. 빠른 조치가 없었더라면 아마 티스는 평생 불구로 살았을 게 분명했지만 봉합이라는 게 쉬운 일은 아니었다.

샨은 얼굴이 새하얗게 질렸고 마지막에는 코피까지 쏟으면서 봉합을 마쳤다.

그러고는 붕대를 감는 마지막 시술까지 하고 나서야 기절했다.

나름대로 샨에 대해 이골이 났다고는 하지만 피만 봐도 꼴깍 기절할 것 같은 외모로 살점을 만지고 뼈를 거침없이 붙일 때마다 새삼 놀라곤 한다.

"잘도 잔다."

크롬은 다시 앉아서 주판알을 두드렸다.

5.

샨은 그 이후로 침대에서 먹고 자고를 반복했다. 일주일 정도 요양하고 나서야 겨우 서서 걸을 정도의 기력이 생겼다. 크롬은 무척 두꺼운 편지 봉투 세 개를 들고 방으로 들어왔다.

"네 형들에게서 온 거다. 우편용까지 써서 보냈더라고."

"여기 있다는 거 알았어?"

"네가 이리로 오자마자 편지 써서 보냈다. 잘 있다고. 안심이 안 되는지 이렇게 편지를 써 놓고도, 불안한지 마중 나온다더라."

"마중 나와? 어디로?"

"여기로. 아마 곧 출발할걸?"

통보만 하고 냅다 데리러 오다니, 그건 이미 마중이 아니라 납치 아닌가. 다섯 살 먹은 어린 애도 아니고, 이제 한 사람의 무인으로 성장하는 사람에게 과보호도 이런 과보호가 없다.

정작 샨은 형들에게 걱정시킨 게 미안한지 얼굴만 붉혔다.

그래도 상처는 빨리 낫는 체질이고 기력만 없을 뿐이지 이제는 멀쩡해 보이니 그걸로 다행이었다.

샨은 몇 걸음 걸어 보이더니 자랑스럽게 팔을 들었다.

"이제 나가도 되지?"

"그래."

"티스는? 걸을 수 있으면 이야기해 주기로 했잖아."

크롬은 뺨을 긁적였다. 그러고는 곤란한지 몇 번이나 혀를 차다가 결국 입술을 열었다.

"안 일어났어."

"뭐?"

"상처도 나았고 몸에는 이상이 없어. 하지만 그때 이후로 일어나질 않아. 치료사들도 이상하다고 해."

"왜 여태 말 안 한 거야!"

샨의 말에 크롬은 냉정하게 대답했다.

"말하면 또 무리할 테니까."

"그래도."

"……옆방에 있다. 변명처럼 들리겠지만 그래도 네가 일어날 때까지는 깨어날 줄 알았다."

샨은 문을 벌컥 열었다. 밖은 어두웠다. 계속 잠만 자서인지 지금이 새벽인지 저녁인지 구분이 되지 않았다. 남색 공기를 허파 깊이 빨아들였다. 샨은 다리를 절뚝이며 옆방 문을 열었다. 그곳에는 한 소년이 잠을 자고 있었다. 금색 머리칼을 길게 흐트러뜨린 그는 마치 오래된 신전의 벽화 같았다.

무기를 벗고, 치렁치렁한 옷을 벗은 티스가 이런 모습이었던가.

샨은 숨을 삼키고 그를 향해 다가갔다.

유독 그의 주변에만 시간이 멈춰 있는 것만 같았다.

크롬이 입을 열었다.

"내상도 모두 나았고 팔도 제대로 붙었다. 생명을 유지하는 데는 지장이 없어. 그런데 일어나지를 않아, 스스로 사는 걸 거부하는 것처럼."

"……왜?"

"글쎄."

크롬은 팔짱을 끼고는 문에 등을 기댔다.

샨은 티스의 왼손을 붙잡았다. 따뜻했다. 제대로 피가 통한다는 증거였다.

"재활훈련…… 하지 않으면 안 될 텐데."

샨은 중얼거리며 티스의 이불에 얼굴을 묻었다.

크롬이 입을 열었다.

"샨, 티스가 여기에 있다는 건 극비 중의 극비다. 그렇기에 바로 내 침실에 널 집어넣은 거고, 내 서재에 이 녀석을 넣은 거다. 율케스는 도착도 전에 기숙사로 보냈고. 내 방에 직접 드나들 수 있는 시종들은, 가족이 없는 극히 충성스러운 자들뿐이다."

"그래서……?"

크롬은 눈을 감았다. 샨의 투명한 눈을 마주 볼 자신이 없었다. 그러나 해야 했다. 그는 어렵게 입술을 뗐다.

"마이어하트가는 티메리스 황자를 지지하지 않아. 그는 기반이 없고 너무 위험해. 그리고 샨, 지지하지 않는다는 말은 언젠가 우리 가문이 티스의 죽음을 바랄 날이 온다는 거다."

직접 실행할 수도 있고.

크롬은 차마 그 말까지는 할 수 없었다. 샨은 입술을 작게 떨었다.

"티스는…… 그러면……."

"제국으로 돌아온 이상, 빠르든 늦든 죽어. 정보는 빠르게 퍼진다. 그의 하녀가 배신한 이상 녀석의 재능에 대해 모르는 황자도 드물 거야. 어째서 친모가 직접 그의 재능을 봉인했는지 모르겠지만 처리하려면 지금뿐이야."

"그게 그렇게 대단한 거야?"

샨이 되물었다. 크롬은 최대한 감정을 절제하고는 사무적인 목소리로 발음했다.

"초대 국왕이 갖고 있던 재능이지. 패스 파인더, 길을 찾는 자. 반드시 옳은 선택을 하는 자. 인간의 탈을 쓴 악마라고도 부르고. 그자가 황제가 되면 제국은 평안해지지. 그러나 즉위 초에는 어김없이 피 보라가 몰아치곤 해. 황위를 노릴 가능성이 있는 자신의 혈족과 친족들을 예외 없이 모두 잔인하게 처리해 버리곤 하거든."

심지어 귀족들마저도.

패스 파인더들은 인간이 아니었다. 악마도 아니었다. 인간의 감정 자체가 거세된 제3의 무언가였다. 그들은 오로지 자신의 생존과 임무를 위해 선택한다. 선택은 틀리는 법이 없었다. 다만, 지나치게 효율적이었다.

지나치게 효율적이라는 뜻은 도덕과 양심, 인간이 가질 수 있는 모든 인성을 제외했다는 뜻이다.

처음에 귀족들은 패스 파인더 쪽에 붙었다. 패스 파인더는 강력했으니까. 그러나 황위에 오른 패스 파인더들은 그들, 귀족들에게 보답해 주지 않았다.

황제는 누구에게도 보답할 필요가 없는 자리였기 때문이다. 그 대신 귀족들에게서 공납을 올렸고, 사병 소유를 금지시키고, 그들의 딸들을 인질 삼아 후궁으로 앉혔다.

반발하는 자들은 모두 죽였다.

마이어하트 가문이 격동 속에서 살아남은 건, 오로지 이 가문이 많은 민심을 갖고 있다는 것과 이 가문이 사라지면 앞으로 있을 막대한 조세를 부담해 줄 가문이 없다는 것뿐이었다. 그랬기에 마이어하트 가문은 사병 대신 용을 육성했다.

그 당시, 용은 제국법상, 군마(軍馬)와 같은 가축에 속해 있었기 때문이다.

패스 파인더를 반기는 귀족은 어디에도 없었다.

놈들에게는 인정이나 유혹이 통하지 않기 때문이었다. 5대에 한 번꼴로 유전되는 이 재능은 그 소유자를 어김없이 황제라는 자리에 앉혔다.

뒤집어서 이야기하면 다섯 번에 한 번꼴로 황실에는 큰 피바람이 불었다.

샨은 크롬의 이야기를 잠자코 들었다.

정사가 아니라 야사(野史), 그것도 극히 일부만 알고 있는, 책에서는 결코 알 수 없는 이야기였다.

샨은 입을 열었다.

"티스는 내게 싸우라고 했어. 싸워서 긍지를 지키라고 했어. 싸우지 않으면 이길 수 없다고 했어."

"샨 그건……."

"생명의 긍지를 아는 사람이 다른 이의 생명을 소홀히 여길 리가 없어."

샨은 티스의 손을 꽉 붙잡았다.

이대로라면 티스는 죽는다. 암살자에 의한 것이 아니라 스스로 죽을지도 모른다.

샨이 입을 열었다.

"내가 갖고 있는 게 하나 있어. 적어도 죽게는 하지 않을 거야."

"가문을 이용하겠다는 거냐?"

"그런 거창한 건 아니야. 원한다면 우리 집에 얼마든지 머물라고 할 거야. 그 정도는 할 수 있어."

"적어도 암살자는 없겠지."

어느 간 큰 인간이 검의 요람 알테리온 가문에 암살자를 보낼까. 그러나 크롬은 이마를 찌푸렸다.

"그 녀석에게 그럴 가치가 있을까?"

샨의 눈에는 한 점 흔들림도 없었다.

"내가 살린 생명이니까 책임지는 것도 나야."

샨은 티스의 왼손을 꽉 붙잡았다.

"그러니까 제발 깨어나 줘. 네게 책임질 수 있도록."

6.

사막에 배를 타는 꿈을 꿨다. 새카만 모래사장 위를 미끄러지는 하얀 배는 갈매기 같았다. 어린 티스는 몸을 웅크렸다. 그녀는 티스를 위해 계란 프라이를 했고, 익어 가는 계란을 보며 티스가 물었다.

"티에렌은 행복해?"

"당연하죠. 도련님을 모실 수 있는 걸요."

마지막까지 자신을 보지 않던 어머니는 티스가 떠나는 순간, 편지를 남겼다.

이제부터 티에렌을 엄마라고 생각하렴.

어쩐지 그 편지를 보는 순간 머리가 어지러워지더니 정말로 그녀가 가족처럼 느껴졌다. 당황한 티에렌이 '암시'라는 말을 중얼거렸던 걸로 기억한다. 이상하다 싶어 의원을 불렀더니 그냥 단순한 빈혈이란다.

티에렌은 프라이를 접시에 담고는 티스에게 건넸다. 티스가 이마를 찌푸렸다.

"노른자가 깨졌잖아."

"반숙은 못한다니까요."

"아니 어떻게 시녀 주제에 계란 프라이도 못해?"

"저는 주방 담당이 아니었으니까요."

참 당돌하다. 티스는 계란을 포크로 푹 찍어 한입 입으로 가져갔다. 그럭저럭 맛있었다. 배는 계속해서 미끄러지고 미끄러졌다.

영원히 검은 모래 위를 달려갈 것처럼.

티스는 모포를 몸에 두르며 눈을 감았다. 누군가가 티스에게 속삭였다.

『일어나. 밖으로 나가자.』

티스가 고개를 저었다.

"됐어. 여기면 돼."

하얀 배는 영원히 검은 모래 위를 항해할 거고 그는 두 번 다시 배 아래로 내려가는 일은 없으리라.

『살기로 했잖아? 싸우라고 했잖아. 네 긍지를 위해.』

"왜 싸워야 하지. 여기가 좋은데."

여기라면 행복하다. 티에렌이 그에게 칼을 들이밀 일도 없고, 더 이상 누군가의 피를 보지 않아도 됐다. 더 이상 삶과 죽음 사이에서 '선택'하지 않아도 된다.

누군가가 다시 말했다.

『왜 싸워야 하냐니. 그건…… 우리가 행복해지기 위해서 잖아.』

"행복해지기 위해?"

『그래 행복해지기 위해서.』

태어나는 그 순간부터 생명은 싸워 나간다. 공기를 마시고, 자신보다 약한 생명을 섭취하며 생명은 세상과 싸워 나갔다. 오로지 한 줌의 행복을 쥐기 위해서.

그게 자연이면, 그게 바로 세계라면 이 대지는 얼마나

잔혹하고 아름다운가.

  티스가 뒤를 돌아보았다.

  누군가가 손을 뻗었다.

  『싸워. 네 행복을 위해.』

  그렇게 티스는 눈을 떴다.

  봉합된 왼손이 아팠다.

  아프다는 건 신경이 이어져 있다는 것.

  살아 있다는 것.

  그의 왼손을 누군가가 굳게 잡고 있었다. 희고 가는 손목이었다. 이렇게 가는 손목에서 나온 것이라고는 믿어지지 않을 만큼 단단한 힘이 그의 손을 쥐고 있었다. 손목을 따라 시선을 올리니 밤하늘만큼이나 새카만 머리카락이 보였다. 손가락으로 쓸어 올리니 새하얀 턱선이 보였다. 그의 친우가 자고 있었다.

  "네가 불렀구나."

  인간은 행복해지기 위해 싸운다.

  누군가는 그걸 긍지라고 말했고, 또 누군가는 삶이라고 말했다.

  인생은 끊임없는 투쟁의 나선이었다. 티스 역시 그랬다. 두 발로 땅을 딛는 한 끊임없이 싸워야 했다. 투쟁의 나선, 그 끝에는 과연 뭐가 있을까.

적어도 그게 황위라든가, 사람들이 흔히 말하는 부귀영화 같은 건 아니리라.

"행복해지기 위해서."

다만 모든 생명이 바라는 그 한 줌의 빛을 위해서.

티스는 더 이상 어둠의 모래 속에 자신을 파묻지 않기로 했다. 그는 샨의 손을 놓지 않았다. 다만 기도하듯 그 손등에 자신의 이마를 가져다 댔다.

"약속할게. 더 이상 링 아래로 내려가는 일은 없을 거야. 그러니까……."

함께 싸우자.

1.

티스가 깨어났다.

율케스도 추가 보충수업을 마치고 기차에 올랐다. 티스 역시 곧바로 짐을 싸고는 부드럽게 웃었다.

"먼저 출발할게. 기차역 앞에서 보자."

또 어디론가 가버리는 건 아닐까, 걱정하자 티스가 샨의 머리에 손을 얹었다.

"약속했잖아? 살린 것도 네놈이니까 책임지라고."

"아…… 응."

"제국이 무너져도 도망 안 쳐. 걱정하지 마라."

무척 가볍지만 귀에 남는 발음. 제국이 무너져도라는 말이 어딘가 섬뜩했지만, 샨은 그냥 웃기로 했다.

마이어하트가에서 티메리스 황자의 존재는 무척이나 치명적이다. 티스는 기사들에게 비밀리에 인솔 받으며 밖으로 나갔다. 트렁크를 흔들고 콧노래를 부르며.

샨은 티스를 믿기로 했다. 어차피 알테리온가에서 율케스도 티스도 모두 모이기로 했으니 서두를 건 없었다. 방학은 기니까.

티스를 보내자마자 샨은 시간도 때울 겸, 출발하기 전에 형들에게 편지를 썼다.

큰형, 작은 형, 막내 형까지 세 형들의 답장에다 아버지 안부 편지까지 모두 쓰고 나니 봉투가 볼록했다.

우편 용에게 편지를 전하고 창밖으로 날려 보내려던 찰나, 크롬이 문을 열고 들어왔다.

"야, 야……."

"응?"

"니네 형들이 침입했다."

"뭐? 들어온 게 아니고? 침입?"

샨의 말이 끝나기가 무섭게 창문이 산산 조각 나며 큰형이 데구르르 굴러들어 왔다. 샨은 그제야 여기가 5층이라는 걸 깨달았다. 동시에 큰형이 세계에서 가장 높다는 알테리온 산의 협곡을 맨손으로 오르는 인간이라는 사실을 생각해 냈다. 큰형은 폭풍 같은 눈물을 흘리며 샨을 덥석 껴안았다.

"막내야아아!"

날 때부터 진골 외동아들인 크롬이 질렸다는 눈으로 이쪽을 바라보았다. 그러나 알테리온가에게는 누구나 익숙한 광경이었다. 샨은 손을 뻗어 형의 등을 토닥토닥 두드렸다.

"나, 괜찮아. 형."

"마이어하트가는 우리 가문의 적! 네가 왜 여기에 있는 거냐! 인질로 잡힌 건 아니지? 아니…… 설마 이놈이 내 동생의 미모에 흑심을 품고 넘어서는 안 될 선을……."

샨의 얼굴이 붉다 못해 새카맣게 보일 지경이었다.

"……형…… 제발 그만 해…… 형…… 그만해 줘."

친구 앞에서 이게 무슨 망신인가.

샨은 자신보다 머리 두 개는 더 큰 형을 안아주며 애원했다.

"형…… 그만해…… 제발."

한편으로는 안심이 되기도 했다. 다행히 그 사막에서 있었던 일은 모르는 모양이었다. 알면 진작 자신을 옆구리에 끼고 본가로 보쌈을 감행하리라.

샨은 간신히 형을 떨어뜨려 놓고는 크롬을 소개했다.

"아, 형…… 인사할게. 내 친구야. 에…… 음…… 크롬 마이어하트라고. 인사해, 우리 큰형이야. 리오 알테리온……."

그 순간, 창문 두 개가 또다시 깨졌다. 막내 형이 데구르르 구르며 소리 질렀다.

"샨아! 형 왔다! 나와 같이 도망……."

큰형 리오 형이 막내 형을 향해 주먹을 날렸다.

"친구라잖아아!"

뻐억!

막내 형이 벽을 뚫고 옆방까지 날아갔다. 샨이 얼굴을 붉히며 말했다.

"형, 아무리 그래도 그렇게 세게 때리면 어떻게 해."

"아, 미안하다. 나도 모르게 힘이……."

대륙 최고 포스 마스터의 주먹이었다. 힘껏 때리면 보통 사람이라면 즉사다.

그걸 무식하게 동생에게 휘두르다니!

샨이 형을 혼냈다.

"우리 집 돈도 없는데. 이거 어떻게 물어줄 거야! 크롬 거는 다 비싸단 말이야!"

"셋째보고 물라고 하지 뭐."

크롬과 그의 기사들은 입을 쩍 벌리고 두 사람을 바라

보았다. 막내 형, 아르고는 저 멀리서 몸을 털며 일어났다.

"아이씨, 형님! 때린 사람이 물어야지. 맞은 사람이 문다니요? 나 요즘 상단 운영하기 빡빡한데……."

"그러면 샨보고 물라고 할 거냐?"

두말하지 않고 셋째 형이 대답했다.

"……제가 물겠심다."

그 뒤에서 둘째 에론 형이 조용히 창문을 넘어 올라왔다.

"거 보세요. 이 무식한 사람들아! 다른 사람들이 보면 우리 집안을 뭐라고 생각하겠습니까, 교양 좀 가지세요."

큰형이 에론 형을 향해 가운뎃손가락을 들었다.

"너 이 새끼야, 샨이 마이어하트가에 있다고 듣자마자 휴가 내고 뛰쳐나온 새끼가 어딜! 제국 책사 자리가 무슨 핫바지냐? 이 새끼야."

샨은 얼굴을 붉혔다. 부끄러웠다. 너무나도 부끄러웠다. 쥐구멍에라도 숨고 싶었다. 하지만 여기서 도망칠 수는 없었다.

샨은 모두를 향해 정중히 허리를 굽혔다.

"죄송합니다. 죄송합니다."

민폐는 형들 몫이었고 사과는 언제나 막내 몫이었다.

나뭇가지로 바위를 283

네 번이나 탈피한 카이는 정말 커졌다. 예전에는 그럭저럭 어깨 위에 올릴 수 있던 크기였는데 이제는 송아지만 한 크기가 되었다. 비늘은 다시 흰색으로 돌아왔고, 날개는 훨씬 단단하고 커졌다. 기품이 한결 더 해져 용에 대해 전혀 모르는 사람도 숨을 삼킬 정도로 아름다웠다.

 성장 속도가 빠른 걸 봐서는 이런 추세라면 올여름에는 샨을 태우고 날 수 있지 않을까 싶을 정도였다.

 커다란 카이를 보자마자 첫째 형이 한 말은 간단했다.

 "집 좁아. 내다 버려."

 "안 돼! 형 어떻게 사람이 그렇게 냉혹할 수 있어!"

 샨은 눈물을 흘리며 애는 밥도 잘 먹고 똥도 안 싸고, 심지어 날기도 한다는 원초적인 논리를 내세웠다. 그 논리에 감화된 셋째 아르고 형이 말했다.

 "너무 하시지 말임다. 어떻게 이걸 버릴 수 있슴까?"

 "얼렁뚱땅 날 깎아내려 샨에게 점수 따려 하지 마라, 셋째야."

 에론 형이 안경을 추켜올렸다.

 "이미 황제께서 어명까지 내리신 용 아닙니까? 함부로 버릴 수는 없을 텐데요."

 "아, 몰라. 버려! 이렇게 큰 걸 어떻게 키워!"

 크롬은 알테리온가의 네 형제를 바라보며 또다시 문화

충격에 휩싸였다. 용신 바로 아랫 등급이라는 임페리얼급 용을 동네 개 취급하는 건 둘째치고서라도 애는 밥도 잘 먹고 똥도 안 싸고 날기까지 한다는 샨의 논리는 너무 충격이었다.

마침내 샨이 강수를 뒀다.

"카이 없으면 집에 안 돌아갈 거야! 여기서 살 거야!"

거의 바닥에 누울 기세였다.

그렇다고 설득될까? 상대는 거대 마수 예닐곱을 물리친 대륙 최강의 포스 마스터인데?

최강의 포스 마스터 리오 경이 입을 열었다.

"미안하다. 내가 죽을죄를 지었구나. 집에만 같이 가다오."

2.

추태를 보였다.

샨은 돌아오는 내내 저기압이었다. 눕지 말았어야 했다. 땡깡을 부려서는 안 됐다. 그러나 그렇지 않고서는 큰형을 설득할 방법이 없었다.

크롬 집안에서 거의 도망치듯이 뛰쳐나와야 했다.

형들이야 사랑스러운 동생을 위기에서 구출했다고 생각하고 있는 모양이지만 이건 어디서 보나 민폐였고 망신이었다. 부서뜨린 벽은 다행히 수리비는 물지 않기로 했다.

이렇게 넘어가는 게 어디냐 싶었지만 형들은 오히려 태연하다.

"뭐 어때서 그러냐? 돈도 많은 집인데."

대화의 핵심을 전혀 모른다. 집으로 돌아가는 기차 역 앞에서 미리 기다리고 있던 티스를 만났다.

"여어."

샨이 반갑게 대답했다.

"안녕."

형들이 티스를 삐딱하게 바라보았다. 맏형 리오 형이 물었다.

"저것도 친구냐?"

샨은 뺨을 긁적였다. 앞으로 부탁할 일을 생각하면 형들에게 좋은 인상을 남길 필요가 있었다.

"응, 친한 친구야. 티스라고 해."

티스는 공손하게 인사했다.

"안녕하십니까, 샨의 친구입니다."

황실에 책사로 나와 있는 에론 형이 턱을 문질렀다.

"눈동자가 붉은색이군요."

"아 네."

"희귀한 눈 색이지요. 공교롭게도 폐하께서도 붉은색 눈입니다만."

티스는 방긋 미소 지었다.

"이것 참 훌륭한 우연이군요."

시치미를 떼려는 건가.

이렇게 되면 오히려 나중에 밝히고 부탁하기가 더 어려워졌다. 샨은 일찌감치 오해를 없애기로 했다.

"황자야."

"뭐?"

"미안! 나도 몰랐었는데 티메리스 황자래. 내 절친한 친구야."

세상에 대한 유일한 고민이 매년 오르는 시장 양팟값 정도인 큰형은 멀뚱히 바라보고 있었고 둘째 형과 셋째 형만 뜨악한 표정을 지었다.

둘째 에론 형은 팔짱을 끼고는 티스를 삐딱한 눈으로 바라보았다.

"지체 높으신 황자님께서 여긴 무슨 일로 오셨답니까?"

100퍼센트 불만 가득한 목소리였다.

3.

"어이고, 그래서 바쁘신 황자님께서 여기까지 출타하셨습니까?"

"아니 황위 다툼하느라 바쁘실 텐데 한가하신 모양이십니다?"

기차가 덜컹거리며 움직였다. 둘째 형과 셋째 형은 내내 티스에 대한 불편한 속내를 감추지 않았다.

"아이고, 둘째 형님 그건 좀…… 노골적이죠?"

"그런가? 하긴, 귀한 몸 이끌고 오셨는데 대접이나 해드려야지. 거 사과 파이나 드시겠습니까?"

샨은 잠시 머리를 부여잡고는 카이를 마음속으로 부르짖었다. 하지만 짐칸에서 낮잠이나 자고 있을 카이는 샨의 부름에 응하지 못했다. 형들의 공세는 여전했다.

"어이고, 이거 파이가 부서졌네. 황자님 입맛 까다로우셔서 드시겠어?"

"우리가 먹죠. 높으신 분 무서워서 거, 파이 드리겠습니까?"

그러며 접시만 한 파이를 한 판씩 입에 물고는 아작거렸다. 기차에 탄 지 반나절이 지났다. 집에 도착하려면 하루는 더 걸릴 것 같았다. 샨은 작게 한숨을 쉬었다. 이건 뭐

흡사 시어머니에게 며느리를 소개시켜 주는 꼴이었다.

샨이 입을 열었다.

"형 한동안 머물 예정인데……."

"안 돼."

말이 끝나기도 전에 딱 잘라 거절이다. 결국 샨은 초강수를 두기로 했다.

"아버지한테 물어보자."

"진심이냐?"

"내 친구고 내 손님이잖아. 형들이 뭐라고 할 문제는 아니야. 아버지한테 물어보자."

셋째 형이 되물었다.

"아버지는 반대 안 할 거 같냐?"

"응."

"야, 인마. 황자 나으리잖아. 우리 집안에서 황자 친구가 말이 되냐? 황위 계승이 개판으로 돌아가고 있는 상황에서 너까지 위험해질 수 있어. 인마. 니가 뭘 몰라서 그러는데……."

"……일단 물어보자고."

에론 형은 입을 다물고 샨을 바라보았다. 원래 고집이 있던 녀석이지만 학교에 가니 이제는 소 힘줄이 돼서 왔다.

애를 학교에 보내면 머리만 굵어져서 돌아온다던데 꼭

그 꼴이다.

아버지까지 나온 이상 큰형은 허락할 수밖에 없었다.

"좋아. 대신 허락하지 않는다면, 너도 군말하지 마라."

샨은 고개를 끄덕였다. 이 이상의 타협점은 나오기 힘들었다.

4.

열차에서 집으로 오는 내내 사 형제는 서먹하기만 했다. 그러나 정작 티스는 유유자적이었다. 그나마 꼭 피던 담뱃대를 입에 안 문 게 천운이라면 천운이랄까.

아마 티스가 담배를 피웠다면 아버지와 협상이고 뭐고 모두 끝났을 게 분명했다.

집에 도착하니 대문 앞에 아버지가 계셨다.

아버지는 아들들을 보며 손을 흔들었다.

"벌써 왔냐? 우와, 우리 막내 엄청 컸구나!"

사실 샨은 전혀 크지 않고 있다. 다른 애들은 하루만 못 만나면 키가 커져 있다던데, 어째서인지 그대로다. 오히려 몸무게는 더 줄었다. 샨은 아버지의 인사를 마음으로만 받기로 했다.

샨이 휘파람을 불자 카이가 하늘에서 날아와 탕 발을 내디뎠다.

"안녕하세요오!"

주먹만 하던 용이 이제는 송아지만큼 컸다. 잘만 하면 샨을 태우고 날 것도 같았다. 아버지는 여러모로 감상에 젖은 눈으로 둘을 번갈아 봤다.

"많이 컸구나……."

지켜보는 사람이 없었다면 감동의 눈물이라도 터뜨릴 것 같았다.

큰형이 말을 꺼냈다.

"아버지 마이어하트가의 장남과 잘 이야기하고 왔습니다."

"그래? 걔들은 잘 있던?"

"너무 잘 있던데요."

"애들이 돈은 많아도 속은 비쩍 곯은 애들이다. 때리거나 그러진 않았지?"

"안 때렸어요. 셋째만 팼어요."

아버지는 고개를 끄덕였다.

"잘 했다."

대 마이어하트 가문을 비쩍 곯은 애들이라고 평가할 수 있는 사람은 세상 천지에 아버지밖에 없을 거다.

아버지는 샨을 꽈악 끌어안고는 등을 토닥였다. 그러다가 문득 티스를 바라보더니 눈매를 찌푸렸다.

"어째 얼굴이 우리 황제 폐하 어릴 적이랑 똑 닮게 생겼네."

샨이 고개를 저었다.

"제 친구예요. 아버지. 티메리스 황자라고……. 아버지야, 인사해."

티스는 동대륙식 포권을 취하며 인사했다.

"티메리스 황자라고 합니다. 그동안 아버님의 용맹을 익히 들어왔습니다. 명불허전이라는 말이 절로 나오는군요. 아, 말씀은 낮춰주십시오. 비록 황자 자리이긴 하나, 영웅이신 아버님의 이름 앞에서는 그저 작아질 뿐이옵니다."

밥맛없고 위아래 없던 한량은 어디 갔는지. 눈앞에는 겸손하고 총명하며 아버지를 애타게 존경하는 황자님이 있었다.

"허."

"헐."

차남과 삼남이 입을 쩍 벌렸다. 삼남이 정신을 차리고 소리 질렀다.

"아부지, 쟤 저런 놈 아닙니다! 아까까지만 해도 지가 제일 잘난 놈인 줄 아는 놈이라니까요!"

삼남의 말을 싹 무시하고는 티스는 소매에서 하얀색 병을 꺼냈다.

"동대륙에서 구한 산삼주입니다. 비싸게 거래되던 걸 오늘 이날을 위해 구해왔습니다."

아버지는 떨리는 손으로 산삼주를 집어 들었다. 알테리온가의 선조가 동대륙에서 온 이민자들이라는 걸 모르는 이가 없었다. 특히 아버지가 그랬다. 아버지는 어머니와 결혼하기 전에는 틈만 나면 동대륙에 가기 위해 오만 수를 다 썼다.

지금은 가끔 전해 듣는 이야기나 골동품이나 조금 수집하며 보내고 계시지만, 선조에 대한 향수는 쉽게 없어지는 게 아니었다.

"사……산삼주라니. 이 귀한 걸……."

티스는 겸손하게 미소 지었다.

"아무리 귀해도 대륙 최고의 영웅을 뵙는 이 기회만큼 귀하겠습니까."

"들어와라. 내 집처럼 생각하고, 오늘부터 넌 내 아들이라고 생각하마."

큰형이 삼남의 옆구리를 쿡 찔렀다.

'인마, 너도 평소에 구해왔으면 이런 일은 없을 거 아냐?'

삼남은 입만 뻥긋거리며 대답했다.

'미쳤슴까? 저 술이 동대륙 애들도 없어서 못 먹는 술임다.'

아버지는 산삼주를 한 번 바라보고 티스를 한 번 바라보고 산삼주를 바라보고 다시 티스를 한 번 더 바라보기를 반복했다.

"이렇게 좋아하신 줄 아셨으면 제가 어떻게든 더 구해올 걸 그랬습니다."

"아니다. 나 그렇게 욕심 많은 놈 아니란다. 들어와라, 들어와!"

5.

자리를 잡고 앉기가 무섭게 에론 형이 입을 열었다.

"아버지, 그깟 술에 넘어가실 생각입니까?"

"그래 그깟 술, 왜 니들은 안 해줬냐."

병살타다.

에론 형은 다시 말을 고쳤다.

"아버지, 황자를 집 안으로 들인다는 건 의미가 큽니다. 거기다 티메리스 황자는 더욱 위험하고요. 황위 계승과 거리가 먼 황자지 않습니까? 폐하께서 건강이 좋지 않으신 이 시국에는 암살자들이 하루가 멀다 하고 찾아올 때란 말입니다. 샨이 위험할 수가 있다고요."

에론 형은 조목조목 논리적으로 왜 티메리스 황자를 집 안에 들여서는 안 되고 샨과 왜 친하게 지내면 안 되는지 설명했다.

막상 술에 꼴딱 넘어간 아버지도 에론 형의 말에 조금 솔깃해진 모양이었다.

"음…… 그럴 수도…… 있겠군."

샨이 입을 열었다.

"아버지, 제 친구예요. 친구는 제가 선택한 가족이라고 말씀하시지 않으셨습니까, 황자란 이름만으로 친구를 버리라니요. 남아일언은 중천금 아닙니까."

"그…… 말도…… 맞군."

황자를 사귀어 올 줄은 누가 알았겠는가.

아버지의 미간에 주름이 잡혔다. 그리고 티스와 아들, 그리고 삼 형제를 번갈아 바라보며 모두의 이야기를 번갈아 듣고 또 들었다.

형제가 의견 차이로 맞붙는 일은 알테리온가를 통틀어도 그리 많지가 않았다. 대부분 힘으로 누르거나 패거나, 기절시키거나, 협박으로 해결했다. 그러나 이 경우는 어느

쪽으로도 해결할 수 없었다.

아버지로서 옳은 선택을 해야 할 때.

아버지는 산삼주를 한 번 쳐다보더니 결국 입을 열었다.

"결국 황위 다툼을 앞에 둔 황자이기에 위험하다는 거구나."

"다른 황자들 세력들이 봤을 때도……."

"누군가의 눈이 중요한 게 아니다, 아들아. 옳고 그름이 중요한 게지."

아버지는 턱을 문질렀다. 이윽고 결론을 내렸는지 술병을 티스에게 돌려주었다.

"막내야, 얼마나 강해졌느냐?"

샨이 대답했다.

"마력을 사용할 수 있게 되었습니다."

"검에는 진전이 있느냐?"

"알테리온 소드가 저를 거부하기 시작했습니다."

"좋은 소식이구나."

알테리온 소드가 거부를 한다는 건, 즉 상대를 한 명의 검사로 인정했다는 뜻이었다. 샨은 홀더에서 검을 뽑아 아버지께 드렸다. 아버지는 자신의 애검을 물끄러미 바라보다가 샨에게 돌려주었다.

"이건 네 곁에 두거라."

아버지는 창밖을 바라보았다. 그러고는 결론을 내렸다.

"이렇게 하자. 지금부터 열흘, 네가 소드 익스퍼드 초입에 든다면 네 친구는 여기에 머물러도 좋다. 언제든지 이 집에 오면 손님으로 맞아주마."

샨의 눈이 커졌다.

"아버지…… 불가능해요. 소드 익스퍼드면 나뭇가지로 바위를 부술 수 있는 경지 아닙니까!"

"그래. 그 정도는 돼야 네 몸을 지킬 수 있지 않겠느냐."

"카이가 있잖아요!"

"네가 강해지지 않는 한, 용에게 의지하는 건 한계가 있다. 앞으로 열흘이다. 만약 해내지 못한다면 네 친구에게는 미안하지만 떠나 보내거라. 그리고 그 학교도 돌아갈 수 없다."

"그게 무슨 소리입니까!"

샨이 소리 질렀다. 아버지가 강경하게 말했다.

"내가 몸은 이 집에 있지만 여러 가지 이야기를 듣는단다. 아들아. 학교에 돌아가면 다시 이 친구를 만날 거고, 그러면 너도 휩쓸리게 돼. 목숨을 보장할 수 있겠느냐? 네가 싸워 이길 수 있겠냔 말이다."

"아버지!"

"널 위해서다."

마냥 웃기만 하던 아버지였다. 막내에게는 늘 약해지던 아버지였다.

이 사람이 이렇게 완고했던가.

이건 아무리 봐도 완곡한 절교 명령이었다. 샨은 이를 악물었다.

"좋습니다. 아버지 나뭇가지로 바위를 부수어 보겠습니다. 하지만 열흘은 무립니다. 일주일 더 주십시오."

17일.

알테리온가의 역사를 통틀어 그 안에 그 정도 경지에 오른 이는 단 한 명도 없었다. 아버지는 샨을 바라보았다.

아들의 또렷한 눈망울을 바라보았다. 볼수록 아내와 똑 닮은 눈이었다. 아내는 먼 길을 떠나며 그의 손을 붙잡았다. 막내를 부탁한다고.

가주로서의 책임을 무시할 수 없었다. 그러나 아내의 부탁도 잊을 수는 없었다. 아버지가 말했다.

"언젠가는 학교에 보내주마."

"제 친구가 졸업하는 날이겠죠. 무사히 졸업할 수 있을지 모르겠지만."

"그래. 아는구나."

샨이 몸을 일으켰다. 더 이상 타협의 여지는 없었다. 샨이 문을 나서며 말했다.

"알테리온가의 비고를 열어주십시오. 그 정도는 할 수 있겠죠?"

그 말에 티스는 놀랐다. 알테리온가의 비고(秘庫), 매 대, 소드 마스터를 배출해 낸 알테리온가의 숨겨진 병법들이 모두 들어 있는 곳. 그러나 비고를 열 수 있는 건 오로지 가주와 장남뿐이었다.

샨으로서는 꽤 큰 도박이었다.

아버지가 열쇠를 꺼내 샨에게 던졌다.

"만약 나뭇가지로 바위를 부수지 못한다면 모든 걸 잃는 거다. 각오가 되어 있나?"

샨은 열쇠를 탁, 받아들었다. 차가운 감촉이 사람의 심장을 울렸다.

"네. 하겠습니다."

그러고는 문을 쾅 닫았다.

〈다음 권에 계속〉

외전

에론의 휴가

1.

 당근을 굵게 간다. 파인애플을 굵게 다져 4큰 술 푼다. 밀가루 중력분을 4분의 1컵 개량해서 넣는다.
 에론의 은색 안경테 아래로 은 식기가 서슬 퍼런빛을 냈다. 요리는 화학이다. 그에게 있어 요리란 정확한 시간 동안 정확한 비율로 섞은 혼합물을 가열 및 조리하는 걸 뜻한다. 애초부터 '손맛'이라는 개념 자체를 이해할 수 없는 그로서는 정확한 치수가 무엇보다 중요하다.
 "적당히 물을 부으라니, 대체 '적당히'의 기준은 어느 정도지?"
 당근 케이크를 만들다 벽에 부딪쳤다. 에론은 대백과사

전 어문편을 꺼내 '적당히'라는 단어를 찾아본다.

적당히 『부사』
1. 정도에 알맞게.
2. 엇비슷하게 요령이 있게.

나쁜 자식들이다. 이런 애매한 단어를 요리책에 사용하다니, 돈을 날로 먹으려는 더러운 근성이다.
"이런 오랑캐 같은 새끼들."
에론은 약 30분 정도를 '적당히'라는 단어의 기준을 찾고 나서 물을 붓는다.
여기서 사용하는 '적당히'란 부사는 물 400밀리리터를 뜻하는 것이었다. 에론은 요리책에 빗금을 치고 물 400밀리리터라고 수정한다.
그로부터 두 시간 후, 에론 표 당근 컵케이크가 완성된다. 크림치즈를 컵케이크 위에 듬뿍 얹고는 얇게 썬 당근칩을 집어 든다. 그대로 얹으려던 손이 잠깐 멈춘다.
이윽고 그는 식칼을 꺼낸다. 일류 검사가 사용하는 검은 설령 가정집 식칼이라 하더라도 살기가 배어난다. 그는 크게 심호흡을 하고는 적의 목을 참수하듯 일격에 당근을 토끼 모양으로 깎는다.

'성공이다.'

이번 토끼는 양옆에 수염 세 가닥을 제대로 표현했다.

결혼을 앞둔 새신부의 머리를 다듬듯 크림치즈 위에 당근 토끼를 비스듬히 꽂아 넣는다.

그는 심혈을 기울인 역작 당근 컵케이크 아홉 개를 쟁반 위에 내려놓았다.

이윽고 회중시계를 꺼내 시간을 체크한 후, 일류 웨이터처럼 우아하게 쟁반을 집어 든다. 이 일련의 과정 동안 왕관처럼 휘핑된 크림치즈가 전혀 흔들리지 않는다.

그는 조리실 문을 열었다. 시녀들이 그를 보고 허리를 굽혔다.

"재무대신 트리니티 경께서 부르십니다."

아찔하게 이어진 복도에는 황실을 상징하는 금색 용 무늬가 양각되어 있었다. 창밖에는 수천 명의 기사들이 도열해 있었다. 그들이 내지르는 함성에 대리석 바닥에 쩌렁쩌렁 울렸다.

그랬다.

이곳은 수도, 그것도 폐하께서 머무르는 황궁 안.

세상의 중심이자 모든 이들의 1년 운명과 예산을 결정하는 행정본부.

아카데미 수석 졸업자가 인턴으로 들어왔다가 한 달 만

에 피를 토하고 입원한다는 근무 지옥이자 세상에서 가장 악랄한 용이 살고 있는 마굴.

제국 중앙 행정 본부, 세이람 마커스.

에론이 있는 곳이다.

그는 투명한 안경테 너머로 수천 명의 기사들을 내려다보았다. 이윽고 아무런 표정 없이 몸을 돌려 걸어갔다. 트리니티 경은 기다리는 걸 좋아하지 않으신다.

에론의 어깨 위로 붉은색 숄이 핏빛으로 부풀었다.

"이 멍청아!"

콰앙!

회의실 안은 여전히 아수라장이다. 재무대신 트리니티 경과 군무대신 이그레타 경은 서로의 멱살을 붙잡으며 으르렁거렸다. 과거 같은 아카데미 동기 출신이라고는 하지만 별로 친하지는 않은지 툭하면 저렇게 싸운다.

에론은 문을 열고는 역작 당근 컵케이크를 내려놓는다.

"스트레스는 건강에 별로 좋지 않다지요."

아홉 개의 당근 컵케이크는 딱 이 테이블에 앉아 있는 사람 숫자다. 그러나 다들 회의에만 정신 팔려 있어서 집어 먹는 사람이 없다.

이래서야 케이크가 불쌍하다.

에론은 컵케이크 하나를 집어 제일 끝자리로 돌아간다.

그가 자리에 앉자 시녀가 홍차를 내온다. 에론은 특별히 케이크에 맞게 설탕은 빼달라고 주문한다.

"공성포는 무슨 놈의 공성포야? 지난번에 사준 것도 부숴놓고서는!"

"황제 폐하의 큰 뜻을 위해 그깟 공성포 하나 희생 못 하겠나? 나라면 수십 대, 수백 대 사주겠네!"

"그건 다른 나라 쳐들어갈 때나 쓰는 거지. 이건 반란군이지 않나! 우리 돈으로 부수고 우리 돈으로 복구하려면 얼마나 깨지는데, 그걸 어떻게 부숴!"

에론은 치즈 크림을 핥으며 두 대신의 격투 드라마를 시청한다. 전쟁과 예산은 언제나 함께 움직인다. 화살 한 발부터 군량미까지 모든 것에는 돈이 필요하다. 그렇기에 압도적으로 필요한 건 시간의 효율이다.

예산은 소모 시간에 비례해 기하급수적으로 불어난다. 일 년, 이 년 정도 걸리는 정복 전쟁이라도 터지면 나라 뿌리가 휘청인다. 그것도 승리를 해야 배상금을 받지 패배를 해버리면 타격은 고스란히 재무대신 트리니티 경에게 돌아온다.

황제 폐하께서는 인재를 아끼시지만 실수에는 그리 자비롭지 않으시다.

"더러운 역도 무리들이 제국 땅을 밟고 있는데 가만히 있으라는 건가?"

"공성포 빼고 공격하면 되잖나."

"그게 없으면 폼이 안 난다고!"

신하들이 일제히 에론을 바라본다. 보통 이쯤 되는 타이밍에 두 사람을 말리지만 오늘은 에론도 기분이 나쁘다.

아무도 당근 컵케이크를 알아봐 주지 않는다. 컵케이크가 불쌍하다. 저러라고 오븐에서 180도로 18분 동안 구워진 게 아닐 텐데 말이다.

신하들이 에론을 향해 또다시 구원의 눈길을 간절히 보낸다. 에론은 보란 듯이 크림을 핥았다.

먹어, 먹어보라고. 누구든 내 역작을 맛보란 말이다!

"……."

아무도 눈치채 주질 않는다. 두 사람의 싸움은 점점 심해져 간다.

그렇게 한 시간 이십칠 분 삼십이 초가 소모되었다. 모두 파김치가 되어 시계만 바라본다. 에론은 여전히 두 사람을 말리지 않고 있다. 좀비가 된 신하들의 시체를 밟고 밟아 두 대신은 계속해서 싸운다. 지치지도 않는 모양이다.

드디어 누군가가 케이크를 집어 들었다.

에론은 찻잔을 내려놓고 그를 뚫어지게 바라본다. 케이크를 한입 집어넣고는 그의 눈이 커진다. 맛있는 모양이다. 그 표정을 보자마자 에론이 책상을 후려쳤다.

"우리 먹고 하죠?"

"음?"

"전쟁도 배가 든든해야 할 맛이 나는 거죠. 먹으면서 합시다."

두 대신이 케이크를 집어 들었다. 드디어 긴 싸움이 멈췄다.

사람은 당분이 들어가야 성격이 온화해진다.

두 대신이 볼을 부풀리며 케이크를 입에 넣는 동안 에론이 입을 열었다.

"이번 토벌의 목적은 남쪽 지방의 일부 라둔의 신도들이 저지른 반란을 진압하는 데 목적이 있습니다. 라둔 역병 사건에 대해서는 모르시는 분 없으시리라 봅니다."

라둔의 신도들, 남쪽 지방에 있는 소수민족들이다. 라둔 신을 섬기며 평화롭게 살아가던 민족이었으나 과거 역병이 돌아 많은 수가 몰살되었다. 당시 치료법이 개발되지 않아 제국은 결국 남쪽 지방으로 통하는 모든 다리와 성벽을 봉쇄했고, 지원이 끊긴 라둔의 신도들 중에 많은 수가 사망했다.

병으로 사망한 숫자보다 굶어 죽은 수가 더 많으니 그 상황이 얼마나 처참했는지 알 수 있다. 그런 그들이 제국에 불만을 품고 민란을 일으켜 성을 점령, 그곳에서 농성하고 있었다.

"농성에도 돈이 들죠. 그들의 무기와 식량을 지원해 주는 배후가 있을 겁니다. 여기에서 우리가 사용해야 할 전술은 그들의 지원 루트를 끊는 데 집중하는 겁니다."

에론은 화사한 미소로 이야기를 풀어 나갔다.

군무대신이 물었다.

"그러면…… 공성포는 필요 없다는 건가?"

에론이 상큼하게 대답했다.

"필요 없습니다."

"크으!"

제무대신이 '예스!'라는 소리를 지르며 주먹을 꽉 쥔다.

에론은 한참 지도를 바라보았다. 잡히는 곳이라면 모두 병사를 파견했다. 그러나 아직도 보급 루트를 발견할 수가 없었다.

"포위망을 풀고 제게 한 달만 휴가를 내주셨으면 합니다. 처음 상정한 예산의 65퍼센트가량을 절약시켜 드리지요."

"흠, 무슨 생각이지?"

"지도만 봐서는 파악되지 않는 경로가 있을 수도 있으니까요."

"직접 가보겠다는 건가?"

"네."

재무대신은 눈을 감았다.

병사와 기사는 군무대신의 관할이지만 책사는 재무대신의 관리하에 있다. 트리니티 경은 이윽고 입술을 뗐다.

"허락한다."

에론은 허리를 굽혔다. 그리고 구체적인 병사의 수와 예산배정, 소요 날짜를 추론한 후 회의를 마쳤다.

2.

찌는 듯한 폭염이 3박 4일 동안 이어졌다.

계곡은 벌써 바닥을 드러냈고 밭은 거미줄처럼 갈라졌다. 결국 그 많던 병사들도 포기했는지 후퇴했다. 농성에 들어갔던 라둔의 신도들은 환호성을 질렀다. 드디어 첫 승리였다. 지겹도록 계속되던 제국과의 전쟁에서 첫 승리를 거둔 것이리라.

이곳, 에브게니아 요새는 신도들의 고향인 라다니엘와 가까이에 있다. 전염병이 돌지 않아 가까스로 살아남았지만, 이곳 거주민들은 라둔의 신도들과 같은 소수민족이자 혈연관계다.

새카맣게 그은 피부에 진초록 눈동자가 그 증거로, 이 지역에 사람들 대부분이 그런 눈동자를 하고 있다.

에브게니아 사람들 역시 같은 종교로 태양의 신 라둔을 섬긴다. 이들은 사람이 죽으면 나뭇잎을 태워 장례식을 치르는데, 제국에서 봉쇄정책을 펴 많은 형제들이 사망한 날, 요새 안은 나뭇잎 타는 냄새로 가득했다.

"더 이상 소수민족이 억압받아서는 안 되네. 우리의 행동이 제국에 큰 방아쇠가 될 걸세."

제국에는 협상 서신을 보냈다.

제대로 된 의료시설을 소수민족의 땅에도 설치해줄 것, 소수민족 출신이라도 관료에 진출할 수 있도록 제도를 마련해 줄 것, 그리고 거주의 자유를 줄 것.

모든 소수민족들은 허가 없이 거주지를 옮길 수 없다. 제국 내에서는 혈통 보호 정책이라 하지만 사실상 억압이었다. 그들이 원하는 건 단 하나였다.

사람답게 살 수 있는 것, 더 이상 차별받지 않는 것.

그들의 요구는 그동안 흘렸던 피에 비해 소박했다.

제국 내에서 못 들어줄 것도 없는 조건이다.

병사들이 물러난 건 어쩌면 그런 이유일지도 모른다.

어른들은 꿈에 부풀어 있었다.

소년은 밖으로 나왔다. 긴 농성 동안 돌을 쌓는 일 밖에 한 게 없었다. 오랜만에 허리를 펴고 하늘을 보니 기분이 좋아졌다.

요새 입구에 왠지 사람들이 모여 있었다. 소년은 호기심에 달려갔다.

그곳에는 긴 장발의 청년이 쓰러져 있었다. 한 달은 머리를 안 감았는지 머리카락에서 냄새가 났고, 옷은 누가 거저 줘도 안 입을 넝마를 둘둘 감고 있었다.

"물, 누가 물 좀……."

청년은 그 말을 끝으로 쓰러졌다.

놀란 마을 사람들이 농기구를 챙겨 밖으로 나왔다.

"이놈 누구여?"

"몰러. 여기까지 오더니만 픽 쓰러졌네."

"뭐 하는 놈인지 어떻게 알고 이 시기에 사람을 들여와. 내쫓아!"

소년은 물을 퍼서 청년에게 건넸다. 소년의 아버지가 소리 질렀다.

"미쳤냐! 귀한 물을 왜 줘!"

소년이 소리 질렀다.

"일단 내쫓아도 물은 주고 쫓아요, 아빠. 이러다 사람 죽겠어."

"으이구!"

청년은 물바가지를 받자마자 3일은 못 마신 사람처럼 꿀꺽꿀꺽 목울대로 삼켰다. 다 마시고 청년은 세상을 다 가진 것처럼 행복한 탄성을 질렀다.

"정말 고맙습니다."

"고마우면 이제 꺼져. 지금 손님 받을 상황이 아니니까."

청년은 다짜고짜 소년의 아버지 다리에 매달렸다.

"포위망이 풀렸다는 소리를 듣고 겨우 여기까지 왔습니다. 할머니, 우리 할머니는 괜찮으신가요?"

"할머니?"

청년이 말했다.

"레아 할머니…… 계시나요?"

"뭐여? 니가 노역 나갔다가 15년이나 못 돌아오고 있다는 그 손자여?"

청년이 고개를 끄덕였다.

"저예요. 메로예요. 알아보시겠어요?"

15년 전만 해도 겨우 어린이티를 벗었는데 그렇게 세월이 지났으니 얼굴을 알아볼 수 있을 턱이 없다. 소년의 아버지는 청년의 얼굴을 붙잡고는 이목구비를 뜯어보았다.

"모, 모르겠는디?"

청년이 필사적으로 소리 질렀다.

"저 기억 안 나세요? 진짜로요?"

"자, 잘 보니 소, 속눈썹이 닮은 것 같구나."

메로는 소년의 아버지를 꽉 끌어안았다.

"아저씨이!"

소년의 아버지는 덩달아 분위기에 복받쳐 메로를 함께 껴안았다.

"메로야아아! 이놈아! 어디 갔다 이제 왔냐!"

소년은 메로라는 사람을 올려다보았다. 큰 키에 허리춤에는 칼 두 자루가 걸려 있었다. 청년에게서는 어쩐지 설탕과 갓 구운 케이크 냄새가 났다.

메로의 귀환으로 마을은 한동안 떠들썩했다. 15년이나 지났지만 사람이 이렇게 바뀔 수가 있느냐고, 나는 저놈 못 알아보겠다고 하는 사람도 있었고, 이 시기에 온 게 수상쩍다는 마을 주민들도 있었다.

그러나 짙은 피부에 초록색 눈동자는 일족의 상징이다. 거기다가 마을 사람들의 집이나 나이, 이름을 전부 기억하는 걸 보면 그 녀석이 맞는 것 같아 보이기도 했다.

레아 할머니가 돌아가셨다는 말에 메로는 눈물을 흘렸다. 저렇게 서럽게 우는 걸 보니 나쁜 놈 같지는 않아서 결국 흐지부지하게 받아주었다.

그러나 그날 밤, 주민회의에서 소년의 아버지가 못을 박았다.

"15년 만에 왔든 15일 만에 왔던 외부인은 외부인이여. 혹시라도 보급 경로가 들통 나지 않게 조심하고, 누가 저 놈 옆에 감시차 붙어 있었으면 좋겠어."

뒷집 한스 아줌마가 말했다.

"저기, 그런데 또 옆에 달라붙어 있으면 야박하게 생각하지 않을까? 생판 남남도 아닌데 말이야."

"그게 무슨 소리여! 남이여. 남! 남이라니까!"

"그게 자네도 부둥켜안고 같이 울었잖은가?"

아버지는 얼굴을 붉혔다.

"흠흠, 그건 잠깐 감정에 휩쓸려서 그런 거고."

회의는 원점으로 돌아갔다. 그렇게 이번에 돌아온 메로 군을 어떻게 해야 할지 한참을 회의했다. 그래서 나온 결론이······.

"그러면 우리 아들보고 붙어 있으라고 하지! 애가 몸은 어려도 머리는 좋잖여!"

"그래, 그러세."

마을 사람들은 거기까지 회의를 하고 소년을 불렀다.

"확실하게 감시해야 한다."

"이상한데 끌고 가면 미리 말해 줘야 해."

소년은 가슴을 탕탕 쳤다.

"걱정 마! 내가 다 알아서 할 테니까!"

3.

같은 시간 메로는 창밖을 바라보았다. 요새 정중앙 회의실에는 아직도 불이 켜져 있었다. 영주의 목을 따고 반란 시위를 했던 사람들치고는 꽤나 순박하다.

생각해 보면 여기에 있던 민병들도 결국 이 마을 출신이니 영주를 잡는 것쯤이야 그리 어렵지는 않아 보인다. 잘못된 건 이런 시기에 세율을 65퍼센트나 높게 책정한 멍청한 영주 놈이지, 마을 사람들이라고 하기는 어렵다.

메로의 집은 불이 꺼져 있다. 어두운 방 안에서 메로는 거울을 꺼내 자신의 눈을 들여다보았다. 초록색 눈동자가 신비한 빛을 반사했다. 그는 검지를 들어 왼쪽 동공을 눌렀다. 손가락을 떼자 압축 유리로 만든 렌즈가 끌려 나왔다. 청년의 원래 눈동자가 모습을 드러냈다.

청년은 두 눈에 있는 렌즈를 빼고는 젖은 수건으로 얼굴을 닦았다. 화장이 지워지며 새하얀 피부가 드러났다.

청년은 품에서 회중시계를 꺼내 시간을 쟀다.

시계 속에는 청년의 이름이 음각되어 있었다.

에론 알테리온.

청년은 화장을 지우고는 문을 잠갔다. 그리고 낡은 침대 위에 몸을 뉘었다. 그는 검 두 자루를 모두 껴안았다. 언제부턴가 검을 껴안지 않으면 잠들 수 없는 버릇이 생겼다.

에론은 최대한 잠을 옅게 자기 위해 노력해 본다.

시골 사람들은 순박한 대신에 다른 사람의 사생활을 지켜줄 줄 모른다. 언제 문을 박차고 열지 모른다.

그렇기에 10미터 밖 기척도 잡아낼 수 있도록 예민해져야 했다.

그는 검을 끌어안고 태아처럼 몸을 웅크렸다. 자는 모습이 어쩐지 상처 입은 짐승 같다.

그날 이후로 소년은 에론을 감시했다. 밥을 먹고 화장실 갈 때도 옆에서 찰싹 붙어 있었다. 이러니저러니 해도 마을의 존망이 달린 일이다.

어른들은 모두 그를 믿고 있었다. 기대에 부흥해야 한

다.

 사실 어른들이 에론의 눈치를 보는 이유는 따로 있었다.
 에론이 들고 왔던 가방이 의료 가방이었던 것. 부역을 가 어깨너머로 의술도 배웠는지 신경통이나 타박상에 좋은 약들을 곧잘 꺼내주곤 했다.
 이런 곳에 의원은 무척이나 귀하다. 게다가 라둔의 신도 같은 소수민족들은 살아생전 의원을 단 한 번도 만나지 못하고 생을 마감하는 경우도 허다하다. 그러다 보니 의심은 하고 싶지만 또 밉보이는 건 싫은 기묘한 느낌이다. 그래서 에론에게는 생색내질 못하고 감시역으로 붙은 애먼 소년만 붙잡고 설교를 했다.
 "수상한 점은 없든? 말없이 이상한 곳을 간다거나."
 소년은 고개를 저었다.
 "전혀요. 성벽 쌓는 것도 도와주셨고요, 집에서 책만 읽어요."
 "그래?"
 어른들은 내심 안도한 표정을 지었다.
 그도 그럴 게 그는 정말로 집에서 책만 읽는다. 처음에 돌아가신 레아 할머니의 예전 집에서 산다고 들어가더니 대청소를 며칠 동안 했다. 얼마나 깔끔을 떨어대던지 먼지를 다 털어내고도 마룻바닥 껍질이 다 벗겨지도록 닦아댔다.

그렇게 머물기를 일주일.

그는 아무것도 보지 않고 아무것도 묻지 않았다. 밤에는 아예 소년과 함께 잠을 자기도 했다. 비록 다른 방이긴 했지만.

그리고 열흘 째 되는 날, 집에 물이 떨어졌는지 에론은 양동이를 들고 물을 길어 놓으려고 밖으로 나왔다.

"메로 형!"

"음? 왜 그래."

"우물물 뜨러 가는 거예요?"

"응, 물이 다 떨어졌더라고."

소년은 고개를 저었다.

"거기 물 다 말라서 가면 괜히 헛고생할 거예요."

"아 그래?"

"거기는 여름 내내 물이 말라 있거든요. 겨울이 돼야 물이 차요."

그의 초록색 눈동자가 부드러운 미소를 그렸다.

"그렇구나. 그럼 물은 어디서 푸지?"

소년은 잠깐 당황했다. 물을 저장해 둔 곳은 비밀 식량 저장고에 있다. 외부인일지도 모르는 사람에게 그곳을 말해줄 수는 없었다. 소년은 양동이를 받아들더니 옆에 있던 친구를 붙잡아 건넸다.

"자, 물 떠와."

"뭐? 내가 왜 떠와야 하는데."

"메로 형을 고생시킬 순 없잖아. 떠 오라면 떠 와!"

친구는 소년에게 뭐라고 하려다가 에론을 한 번 돌아보더니 툴툴거리며 양동이를 받아들고 떠났다. 소년은 혹시라도 에론이 친구의 뒤를 밟을까 싶어 옷자락을 잡아끌었다.

"집으로 돌아가요. 형."

에론은 곤란한 듯 미소 지으며 소년을 따라 집으로 돌아갔다. 이렇게 하면 기분 상하지도 않을 거고 에론이 그의 뒤를 미행해서 비밀 창고의 위치를 알아내지도 못할 거다.

자기가 생각해도 기똥찬 아이디어라 소년은 절로 으쓱해졌다. 돌아가면 아버지께 자랑해야겠다.

그날 밤, 소년은 오줌이 마려워 눈을 떴다. 볼일을 보려고 내려가다가 에론의 방문에 귀를 댔다. 밤에도 혹시 나갈까 싶어 소년은 늘 이렇게 그를 감시했다.

"……"

어쩐지 오늘은 기척이 느껴지지 않는다. 소년은 슬쩍 문고리를 돌렸다. 녹슨 경첩이 내는 소리가 얼마나 크게 들리던지 심장이 튀어나올 것만 같았다.

이불이 불룩하게 튀어나와 있다. 자는 것 같아 보인다. 그러나 안심해서는 안 된다. 마을의 안위가 자신의 두 어깨에 달려 있으니까.

소년은 이불을 푹 하고 눌렀다. 감촉이 이상하다. 이불을 크게 열어젖혔다. 배게 두 개가 일렬로 놓여 있었다.

'없다?'

고개를 휘휘 저어본다. 청년이 늘 들고 다니던 칼이 없었다. 불안한 느낌에 소년은 밖으로 뛰쳐나왔다.

우선 식량 창고로!

4.

에론은 낡은 우물 아래로 내려갔다.

우물이 말랐다는 말을 듣자마자 뭔가 떠올랐다. 밧줄을 타고 아래로 내려오니 어두운 통로가 모습을 드러냈다. 바닥이 진흙으로 질척질척하다. 에론은 미리 준비한 횃불에 성냥을 그었다.

불이 탁 타오르며 주변을 비췄다.

메마른 수맥이 긴 통로처럼 이어져 있다. 에론은 일부러 크게 발을 굴러 걷는다. 철벅철벅 소리가 우물 안을 메아리친다.

"거기 누구여?"

대답이 들리기 무섭게 에론은 목소리를 향해 달려간다. 검을 뽑을 필요도 없다. 그저 손날로 목소리의 주인을 후려친다. 에론의 시야에 목소리 주인의 얼굴이 보인다. 안경을 쓰지 않아 얼굴이 그리 잘 보이지는 않는다. 대충 마을 사람이라는 윤곽만 확인한다.

털썩.

일격에 그가 쓰러진다.

맞게 온 것 같다. 에론은 그를 적당한 곳에 눕힌다. 그는 중지를 들어 자신의 동공을 누른다. 초록색 렌즈가 딸려 나온다. 렌즈 두 개를 모두 벗고는 은테 안경을 쓴다.

"······."

시야가 밝아지자 눈매가 다시 신경질적으로 변한다.

에론은 손수건을 꺼내 알코올을 묻혀 손을 몇 번이나 닦는다. 이런 습한 곳에 병균이 얼마나 우글거릴지 생각하면 끔찍하다.

"한스 아범! 한스 아범 없어? 대답이 없네그랴."

"한스 아범! 있으면 대답해."

에론은 칼을 뽑았다. 이곳 사람들은 순진하다. 성을 점거하고 농성을 벌이면 차별이 없을 거라고 믿는다. 제국에서는 그들을 '반역자'라고 부른다. 그리고 협상은 오로지 강자만이 할 수 있다.

약자에게는 그럴 권리 따위 주어지지 않는다.

에론의 칼날이 바람을 가른다.

외마디 비명이 텅 빈 수맥 안을 메아리친다. 그의 칼날이 수맥 안을 질주했다.

소년은 비명을 질렀다.

비밀 창고 안에는 그가 없었다. 그렇다면 남는 곳은 단 하나다. 소년은 문득 오늘 담당이 자신의 아버지라는 걸 깨닫는다.

만약 자신의 실수로 아빠가 죽게 된다면 상상도 할 수 없다. 자신의 잘못으로 이 마을이 불탄다면…… 그것 역시 끔찍하다. 그렇게 다정하게 웃는 사람이 설마 그런 짓을 벌일 거라고는 상상하고 싶지 않았다.

그러나 불길한 예감에 소년은 달린다.

그리고 마른 우물 아래로 몸을 던지다시피 했다.

우물 안에는 고요가 메아리쳤다.

소년은 떨어진 횃불을 줍는다. 다행히 아직 불씨가 죽지 않았다. 얼마 걷지 않아 사람이 쓰러져 있었다. 아버지는 아니었다. 동굴 안쪽에서 피비린내가 밀려왔다. 속이 메스꺼웠다. 소년은 비명을 틀어막으며 안으로 달려갔다.

에론은 계속해서 걸어갔다. 새하얀 검날에는 핏방울 하나 묻어 있지 않았다.

질척했던 바닥이 점점 버석해진다. 그리고 얼마 지나지 않아 단단한 돌 타일이 발에 잡혔다. 인공적으로 만들어진 게 역력한 통로를 밟았다. 사다리가 보였다. 에론은 위로 올라가며 서늘한 안광을 빛냈다.

바람이 그의 긴 머리카락을 훑고 쓸려 나갔다. 올라오니 이곳도 낡은 우물이었다.

우물 밖에서는 횃불을 든 병사가 모습을 드러냈다.

"누구냐?"

에론은 몸을 튕겨 병사의 목을 단칼에 베었다. 호각 소리가 울려 퍼졌다. 적들이 밀려들어 오기 시작했다.

놈들이 입고 있는 옷과 뒤에 걸려 있는 깃발을 쳐다보더니 에론은 작게 한숨을 내쉬었다.

"역시 알타니아 왕국이었군요."

적국, 알타니아 왕국. 제국의 확장 전쟁으로 가장 사이가 나빠진 왕국이다. 언제나 호시탐탐 서로의 영지를 노리고 있으며 제국에서는 알타니아 왕국을 '적국'으로 취급한다.

그는 한번에 사태를 파악했다. 알타니아 왕국이 그동안 몰래 식량과 무기를 공급했던 배후였다. 국경에 있는 영지이긴 하나 산맥에 가로막혀 있어 쳐들어가는 건 쉽지 않다. 그럴 바에는 회유를 썼을 것이다.

영지민들에게 차별 없이 살 수 있는 방법을 가르쳐 주겠다고 부추기고 무기를 쥐어 주었다.

에론의 안경이 섬뜩하게 빛났다.

"물론 알타니아 왕국이 원하는 건 이 영지가 아니겠죠. 군사들이 이 영지로 몰려 올 것을 기다리고 있을 겁니다. 그렇게 되면 다른 국경의 수비가 허술해질 테니까요."

마을 사람들은 어리숙하다 해도 요새의 방벽은 단단하다.

협곡에 자리 잡은 천연 요새를 뚫고 들어가는 것만으로도 막대한 병력이 소모된다. 그 병력은 땅을 파서 나오는 게 아니다. 모두 다른 지역에 있던 병력들을 끌어넣은 것.

한순간에 세 수, 네 수 앞을 내다보는 에론을 보고 적장이 소리 질렀다.

"저놈을 처리해!"

수백 명의 병사들이 밀려들어 온다. 에론은 허리에서 검 한 자루를 더 꺼냈다. 양손에 검을 들고는 자애로운 미소를 지었다.

"고통 없이 죽여 드리죠."

그리고 에론의 모습이 시야에서 사라졌다.

은색 검날이 소나기처럼 쏟아졌다.

5.

소년은 수맥 끝에 도착했다. 동그란 우물 구멍 위로 피가 비처럼 쏟아졌다. 비명이 울렸다. 소년은 차마 올라가지 못하고 멍청히 우물 밖만 바라보았다. 이윽고 피를 뒤집어쓴 청년이 우물 아래로 뛰어내렸다.

그가 알던 메로가 맞나 싶을 정도였다. 화장이 벗겨진 새하얀 피부에 핏방울이 붉게 번져 있다.

죽음이 사람이라면 이런 얼굴을 하고 있을까.

청년은 조금 지친 기색으로 소년을 바라보았다.

"여어."

소년이 물었다.

"당신 정말 메로 형인가요?"

청년이 솔직하게 대답했다.

"세이람 마커스에서 참모로 일하고 있는 에론 알테리온입니다. 진짜 메로 님은 작년에 과로로 사망하셨습니다. 이 마을 사람들에 대한 신상 명세는 작년에 올라온 조세 보고서를 바탕으로 모두 암기했지요."

소년이 울음을 터뜨렸다.

"우리들을 모두 죽일 건가요?"

에론은 소년을 내려다보았다. 막내 동생과 닮았다. 에론은 소년의 머리에 손을 얹었다. 미소는 자애로웠지만 목소리는 차가웠다.

"황제 폐하께서는 반역자를 용서치 않으니까요."

"교섭은요? 해줄지도 모른다고 했잖아요!"

"폐하께서는 영토로 흥정하지 않으십니다. 애초부터 이 땅은 모두 폐하의 것이니까요. 그런 폐하께 반기를 든 순간부터 운명은 정해졌습니다."

에론은 우물을 향해 검을 뽑았다.

깔끔한 발도. 은빛 사선이 지나가고 얼마 지나지 않아 우물 벽이 무너져 내리기 시작했다. 검을 언제 뽑았는지, 언제 내리그었는지, 심지어 검을 도로 넣은 것조차 보이지 않았다.

초속의 쾌검.

그건 에론 알테리온의 특기였다.

굉음이 울린다. 흙먼지가 자욱하다.

소년은 울음을 터뜨렸다. 그러고는 땅에 떨어진 검을 집어 들었다.

아이의 멋모른 칼날에 맞아줄 정도로 에론은 호락호락하지 않다.

소년이 칼을 들기가 무섭게 에론은 검을 뽑았다. 소년의 칼이 단숨에 부러진다.

"마을 사람들 중에 누구도 죽이지 않았습니다. 기절만 시켰을 뿐이죠."

소년이 소리 질렀다.

"하지만 곧 모두 죽이러 올 거잖아요!"

식량이 떨어질 테니 농성은 불가능하다. 문이 열리는 순간 제국군이 밀려온다. 에론이 미소 지었다.

"그 정도는 각오했을 거 아닙니까."

에론은 그렇게 말하고 우물 밖으로 향했다. 소년은 흐느끼며 에론의 뒤를 쫓아갔다. 저자를 찌르지도, 그렇다고 애원하지도 못하고 소년은 그저 울기만 했다.

막내 샨이 생각나서일까.

에론의 발걸음이 멈췄다.

"이름이 뭐죠?"

그가 소년의 이름을 물은 건 처음이었다.

소년이 대답했다.

"바이엘."

"좋아요. 바이엘, 만약 마을 사람들을 살릴 수 있다면 그 목숨 걸 자신 있습니까?"

"……모두요?"

"아뇨, 모두는 불가능합니다."

"……."

소년은 울음을 멈추고는 에론을 올려다보았다. 소년이 말했다.

"적어도 저와 가족들, 친한 아줌마, 아저씨들만큼은 살리고 싶어요."

현실적인 대답에 만족했는지 에론은 목걸이를 풀어 소년의 목에 걸어주었다.

"내일 정오면 제국군들이 들이닥칠 겁니다. 옆 영지까지 곧장 말로 달리세요. 그리고 그곳 문지기에게 이걸 보여주면 영주님을 만나게 해줄 겁니다. 이 말을 전해주세요."

소년은 에론을 올려다보았다.

에론은 미소를 잃지 않았다. 그는 한 글자씩 똑바로, 그리고 다정하게 내뱉었다.

"반란자들은 마을 안에서 진압했다고, 지금은 선량한

사람들만 남았으니 어서 군사를 몰고 영지를 점령해달라고요."

"네에?"

에론이 말했다.

"제국군이 오면 주동자와 민간인 모두 가릴 것 없이 삼대를 멸하게 됩니다. 영주가 점령하는 거면 이야기가 달라져요. 치안권과 집행권은 영주군의 소관이 되니까요. 수뇌부들의 여론은 제가 어떻게든 도와드리죠."

소년이 울음을 터뜨렸다.

"그러면 또다시 우리는……!"

"농노가 되어 또 다른 악덕 영주에게 지배를 받겠죠. 그래도 살길 원하잖아요? 이 방법을 사용하면 마을에 소수만이 처형당하는 걸로 끝낼 수 있습니다. 소중한 사람들을 살리고 싶죠?"

소년은 고개를 끄덕였다.

에론이 소년의 손을 놓았다.

"가요. 곧장 달려가세요. 동이 트려면 이제 얼마 안 남았으니까요."

소년은 달려갔다. 숨도 쉬지 않았다. 우물 앞에서 한번 엎어지더니 몸을 벌떡 일으켰다. 우물 바깥 너머로 하늘이 새벽의 푸른빛으로 물들었다.

동이 트는 협곡을 불안한 눈으로 쳐다보며 소년은 마구간에서 아무 말이나 훔쳐서 달려갔다. 그런 소년의 등을 에론은 한참이나 바라보았다.

그는 긴 머리카락을 한데 묶고는 검을 챙겼다.

"자 그러면 저도 가볼까요?"

6.

동이 트자 제국군이 밀어닥쳤다. 그러나 요새에는 옆 영주의 깃발이 꽂혀 있었다. 영주가 뒤룩뒤룩한 뱃살을 튕겨 내려왔다.

"아이고! 오셨습니까요?"

직접 군사를 몰고 온 이그레타 경이 말에서 내렸다.

"무슨 일이지?"

영주는 군무대신 이그레타 경을 향해 납작하게 허리를 굽혔다.

"황제 폐하의 충심으로 저희가 직접 이 영지의 반역도들을 포벌했사옵니다요. 끌고 오도록 해라!"

오랏줄에 몇몇 영지민들이 줄줄 끌려 나왔다. 희생양은 있어야 한다. 모두를 구할 수는 없었다. 이 일에 누군가는 책임을 져야 했다. 이 일에 장로님이 직접 책임을 지겠다고 했을 때 마을 사람들 모두 말렸다. 그러나 마땅히 책임을 질 사람이 없었다. 결국 장로님을 필두로 몇몇 마을 사람들이 스스로 오랏줄을 지고 밖으로 나왔다.

이그레타 경은 짜증스러운 표정으로 뒤에 있던 참모 에론을 노려보았다.

"에론 경! 이게 무슨 일이지?"

에론은 뺨을 긁적였다.

"저예산으로 사태를 해결해야 하니까요."

재무대신 트리니티 경이라면 에론을 들고 헹가래를 쳤겠지만 이그레타 경은 달랐다.

"에잉, 여기까지 헛걸음한 게 아닌가. 반역도들을 수도로 이송해! 당장!"

에론이 입을 열었다.

"이곳 영지는 어떻게 처리하죠?"

"어떡하긴 황제 폐하께서 결정할 일이지만 영지민 모두 농노로 강등시키고 이번 사태를 해결한 발테론 남작의 영지로 흡수시키게 될 거다."

"훌륭한 판단이십니다."

뚱뚱한 영주의 얼굴이 행복감으로 빨갛게 물이 올랐다. 손 안 대고 영지 하나가 뚝 떨어졌다. 행복할 만했다.

그는 자신의 기사들을 이끌고 영지 안으로 들어갔다.

소년이 새 영주님을 향해 환영의 꽃을 건넸다. 영주는 꽃을 받아들더니 소년을 발로 찼다.

"이 더러운 걸로 날 모욕할 셈이냐?"

꽃이 갈가리 찢겨 바닥을 굴렀다. 더러운 게 묻은 것이 별로 마음에 들지 않았는지 영주는 소년을 계속해서 짓밟았다. 에론은 가라앉은 눈으로 처참하게 몸을 웅크리는 소년을 한참 바라보았다.

영주가 요새의 집무실로 들어가기가 무섭게 에론이 홀로 들어왔다.

"오오! 에론 경! 오셨습니까요?"

그는 양손을 비비며 에론을 향해 맨발로 달려왔다. 에론은 대답 대신 흙바닥에 찢겼던 하얀 꽃을 건넸다.

"이건 뭡니까요?"

에론이 방긋 웃었다.

"뇌물입니다. 영지를 잘 부탁한다고요."

"네? 뇌, 뇌물이라고랍쇼?"

작위도 없고 영지도 없지만 황제의 총애를 받고 있는 젊은 군사다. 뛰어난 능력 덕분에 재무대신 트리니티 경과 군사대신 이그레타 경을 한 손에 쥐고 흔든다는 소문이 있을 정도다. 이번 일 역시 원래라면 많은 피를 흘리고 끝냈을 일이었다. 그런데 그걸 혼자서 예산 한 푼 안 들이고 끝내 버렸다. 결코 밉보여서는 안 된다. 영주는 떨리는 손으로 더러운 꽃을 받았다. 그 순간, 에론의 검격이 꽃 위로 흩어졌다.

"히이이익!"

에론은 검을 검집에 도로 집어넣었다.

탁 하는 소리와 함께 꽃이 흩어졌다. 그의 뒤로 거대한 집무실 책상이 두 조각 났다.

에론이 말했다.

"이 영지는 황제 폐하께서 특별히 주시하고 있는 영지입니다. 잘 부탁드립니다."

영주가 오줌을 지렸다. 호위 기사들이 검을 뽑았다. 그러나 에론은 그들에게 전혀 신경 쓰지 않았다.

"잘 부탁드립니다."

호위기사가 에론을 향해 검을 내리쳤다. 에론은 허리를 뒤로 젖히고는 호위기사의 손목을 붙잡아 비틀었다.

그가 검을 놓치자 에론은 그의 검을 집어 들더니 영주 바로 앞에 꽂았다.

쾅!

영주는 다리에 힘이 풀려 그만 주저앉았다.

에론은 그를 내려다보며 미소 지었다.

"국경에 인접한 영지는 언제나 감찰 대상입니다. 잘 통치하셔야 합니다. 아셨죠? 폐하의 군사로서 제가 앞으로 세율과 노역 모두 하나하나 보겠습니다. 너무 고마워하지 않으셔도 됩니다. 뒤뜰에서 딴 버섯 한 송이까지 모두 감찰해 드릴 테니까요."

그러니 잘 부탁드립니다.

에론은 손을 털고는 밖으로 나왔다.

수도로 돌아오는 열차 안에서 에론은 피로를 이기지 못하고 꾸벅꾸벅 졸기 시작했다. 그런 에론을 한참 바라보다 이그레타 경이 말했다.

"쓸데없는 짓을 했군."

에론이 말했다.

"나중에라도 제 동생에게 부끄러워질 짓은 하고 싶지 않으니까요."

"동생을 많이 아끼는군."

"네, 곧 만나러 갈 거니까요."

"뭐? 곧?"

열차가 알테리온 산맥에서 정차했다. 에론은 짐 가방을 들고 밖으로 나갔다. 이그레타 경이 에론을 불러 세웠다.

"잠깐, 잠깐! 수도로 가는 게 아니었나?"

에론이 상큼하게 대답했다.

"아, 잊으셨군요. 저 한 달 휴가거든요. 오늘까지 대충 2주 썼으니, 합법적으로 남은 2주는 당연히 본가에서 보내야죠."

이그레타 경이 목에 핏발을 세웠다.

"또오 농땡인가아!"

"농땡이라뇨. 가족을 사랑하는 것뿐입니다."

"잠깐, 거기 서. 거기 안 서?"

에론은 트렁크를 끌고 밖으로 죽어라고 도망쳤다. 그가 나가기 무섭게 정차했던 열차가 도로 출발했다.

"거기 서! 돌아오게 에론 겨어어엉!"

"보고서는 열차 짐칸에 미리 맡겨 놨습니다. 이그레타 경!"

"으아아악, 뒤처리를 나 보고 다 하라고? 돌아와. 썩 돌아오지 못해? 으아아아!"

군무대신의 핏발 선 호통을 뒤로 한 채 에론은 머리를 상큼하게 뒤로 넘겼다.

그는 안경을 닦아 다시 썼다. 그리고 허리를 곧게 펴고는 트렁크를 끌고 역 밖으로 향했다.

"자, 그러면 우리 막둥이에게 모처럼 맛있는 걸 먹여줄까요?"

그는 시장에서 갓 딴 당근 세 개를 샀다. 그리고 달걀과 밀가루를 잔뜩 담았다.

비장의 당근 컵케이크를 선보일 셈이었다.

실험체 1호(재무대신), 실험체 2호(군무대신) 및 기타 하위 실험체들이 먹는 패턴을 분석했을 때 치즈 크림을 좀 더 연하게 만들어야 한다는 결론을 도출할 수 있었다.

"그러면 이제 실전만 남았군요."

과연 그의 막내 동생은 어떻게 먹어 줄 것인지?

에론의 발걸음은 그저 가볍기만 했다

〈외전 에론의 휴가 끝〉

부록

설정집

3. 강의실
(CLASS ROOM)

"귀찮은데 자꾸 이런 거 물어보지 말아 주세요.
알아서 찾아 들어가 보면 될 것 아닙니까?"

- 연무장
- 연구실
- 대강의실
- 신전

아카데미에서 다루는 교과가 특수하다 보니 평범한 교실로는 부족할 때가 있죠. 그럴 때는 특수 강의실에서 수업이 이루어집니다. 아카데미에서 사용하는 특수 강의실은 총 네 개가 있습니다.

대강의실

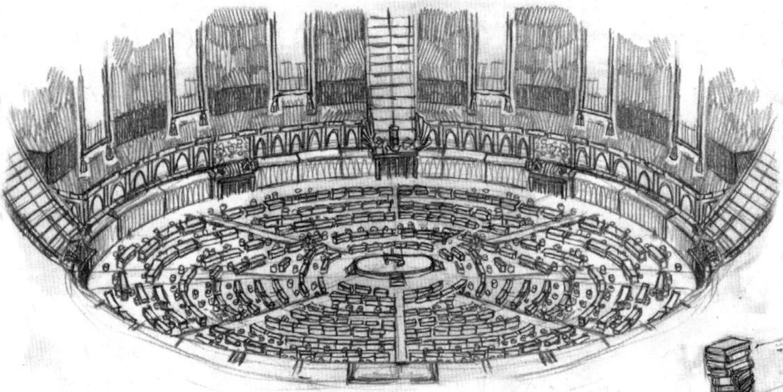

▲ 가운데에 있는 건 교수님 책상이며 그 주변을 빙 둘러 책상을 놓아 공부할 수 있도록 구성되어 있습니다. 대학교에서 프레젠테이션을 사용하는 대규모 강의실을 생각하면 상상하기 쉬울 거예요.

◀ 주로 발표와 토론 목적으로 이용합니다. 뒤에서 자면 절대 안 보인다는 단점이 있지요.

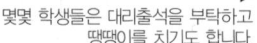
몇몇 학생들은 대리출석을 부탁하고 땡땡이를 치기도 합니다.

연구실

▲ 주로 연금술과 마법을 배웁니다. 이런 실습은 위험천만하기에 반드시 내열성, 내구성, 내한성을 갖춘 5클래스 이하 방어 마법진이 설치되어 있습니다. 그럼에도 매번 부상자가 끊이지 않죠. 실습은 담당 교수님의 인솔하에 이루어집니다.

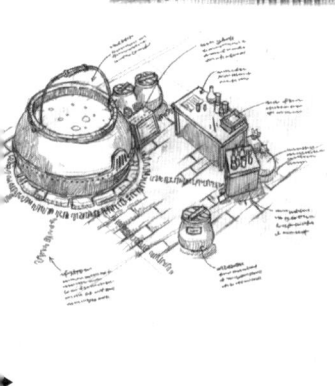

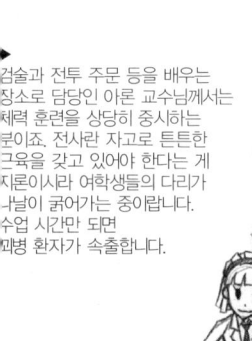

◀ 검술과 전투 주문 등을 배우는 장소로 담당인 아론 교수님께서는 체력 훈련을 상당히 중시하는 분이죠. 전사란 자고로 튼튼한 근육을 갖고 있어야 한다는 게 지론이시라 여학생들의 다리가 나날이 굵어지는 중이랍니다. 수업 시간만 되면 꾀병 환자가 속출합니다.

연무장

신전

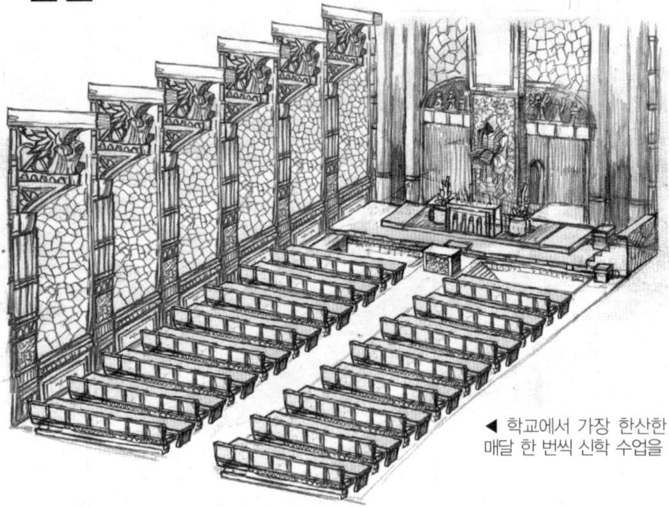

◀ 학교에서 가장 한산한 교실 중 하나입니다. 매달 한 번씩 신학 수업을 할 뿐이죠.

▼ 여느 신전처럼 천사상이 있고, 그 아래에 신관님이 설교하는 단상, 그리고 그 아래에 의자가 줄지어 있습니다.

▼ 경애하는 에녹 교수님께서 관리하고 있지만, 학생들에 의한 기물 파손이 끊이지 않고 있습니다. 신전에 부여된 예산도 빡빡하다 보니 신경이 매우 날카로우십니다. 궁금하시면 책상에 가래침을 뱉어보세요. 뼈와 살이 갈리는 체험을 할 수 있을 겁니다.

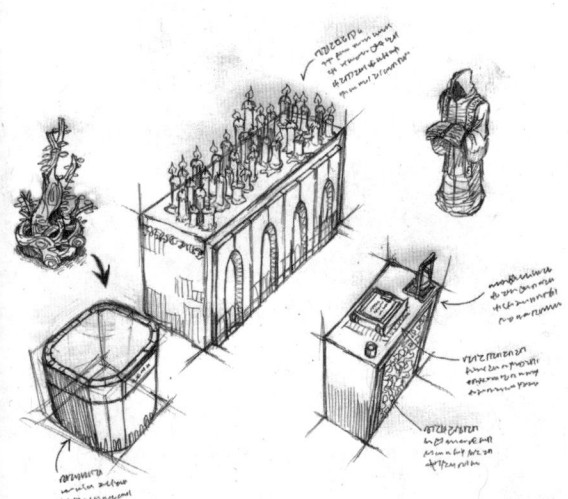

DREAMBOOKS

DREAMBOOKS

DREAMBOOKS

DREAMBOOKS